C000193066

Francis Scott Fitzgerald
Henry Miller
Jerome Charyn

# New York Stories

# Nouvelles new-yorkaises

*Traduit de l'américain par*
*Suzanne Mayoux, Henri Fluchère*
*et Anne Rabinovitch*

*Préface de Gérard-Georges Lemaire*

Gallimard

# PRÉFACE

*Dans les premières pages de* Moby Dick, *Herman Melville nous fait découvrir le port de New York au milieu du xixᵉ siècle. L'image qu'il nous en transmet se situe aux antipodes de celle que nous avons pu nous façonner de cette cité : «Voyez… là, notre cité insulaire de Manhattan, ceinturée de quais comme le sont de récifs de corail les îles du Pacifique. Le commerce le frappe de son ressac. À droite et à gauche, les rues vous mènent à l'eau. À l'extrême pointe de l'île de la Batterie, noble môle balayé par les vagues et rafraîchi par des vents qui, quelques heures plus tôt, étaient bien loin des côtes. Regardez les multitudes qui s'y rassemblent pour contempler la mer[1]. » À en croire l'auteur, ce serait alors une cité qui ne vivrait que par et pour la vie maritime et ses habitants seraient tous hantés par sa présence envahissante : «des milliers d'hommes, postés ici et là, partout, sentinelles silencieuses abîmées dans leur songe d'océan[2] ». Il ajoute, comme pour souligner le paradoxe*

1. *Moby Dick ou le Cachalot*, in *Œuvres*, t. III, édition publiée sous la direction de Philippe Jaworski, «Bibliothèque de la Pléiade», Gallimard, 2006, p. 21-22.
2. *Id.*, p. 22.

de leur posture et de l'identité même des lieux : « *Tous,
pourtant, sont des gens de terre, confinés pendant la
semaine entre des cloisons de plâtre, rivés à leur comp-
toir, vissés à leur bureau*[1]. »

Cette vision va évoluer très vite. Quand Henry James
y retourna en 1904, après avoir été absent deux décen-
nies, c'était un homme entre deux âges : il venait d'avoir
cinquante et un ans. Il ne pouvait s'empêcher, comme
Melville, de l'aborder sous un angle précis, celui de
l'émigration : « *La baie avait toujours paru [...] vous
souffler en plein visage son immense caractère — venant
vers vous avec la force d'un millier de proues de bateaux
à vapeur, vous plaçant exactement dans leur axe longi-
tudinal*[2]... »

Il amende aussitôt cette description teintée de lyrisme :
désormais il considère que la ville est « froide et illimitée »
et ressent une impression nouvelle et forte qui consiste à
« voir son génie jouer d'une façon si grandiose[3] ». Cette
ville imposante, démesurée — il la perçoit comme une
entité formidable, une implacable « puissance indomp-
table ». À la splendeur et à la force d'attraction de ce
paysage océanique forgé par des éléments d'une nature
formidable (« la grande échelle de l'espace et, plus loin
vers l'ouest, les portes ouvertes de l'Hudson, majestueuses
à leur façon...[4] ») correspondait la puissance même de
la cité, qui était le fruit d'un « monstrueux organisme » :
« *On a le sentiment, écrit-il, que le monstre grandit et
grandit, étendant de tous côtés ses membres informes*

---

1. *Ibid.*
2. *La Scène américaine*, traduit et présenté par Jean Pavans,
Éditions de la Différence, 1993, p. 86.
3. *Ibid.*
4. *Ibid.*

*comme quelque géant mal élevé [...] et que les mailles
du filet ne cessent de se déployer, de se démultiplier, et
d'enserrer, de plus en plus vite, de plus en plus fort, et de
plus en plus loin*[1]*... » Et déjà il désignait ce qui va donner à New York son style unique, insurpassable : «* Les
"grands immeubles" qui ont si promptement usurpé une
gloire qui vous paraît encore assez surprise d'elle-même,
ces multiples gratte-ciel qui, vus de l'eau, se hérissent
comme des aiguilles extravagantes plantées dans un
coussin déjà surchargé et réparties dans l'obscurité,
n'importe où et n'importe comment, ont du moins la féli-
cité de s'acquitter de la beauté des tons, d'intercepter le
soleil et de répandre de l'ombre à la manière de tours de
marbre*[2]*... » Mais James était aussi accablé par les lai-
deurs qui se sont développées. Il a pourtant conscience
de l'impact de l'«* ingéniosité économique *» qui la modèle
et en est même l'essence, et il prophétise qu'elle allait
offrir «* un maximum de spectacles "d'affaires"*[3] *».*

Sa pensée sur New York se concentra bientôt sur sa
réalité humaine, qui est celle de l'étranger qui s'est trans-
formé par l'«* opération de l'immense machine *» qui fait
de lui un authentique Américain. Elle le conduisit à se
focaliser sur le «* premier plan *» marqué au sceau du présent, d'un présent qui est le meilleur moyen d'attribuer
une vérité et un ancrage à cette population si difficile à
cerner. Il voyait dans le tableau du «* grouillant quartier
yiddish *» évoquant «* des signes et des bruits irréductibles,
inéluctables d'un judaïsme qui a fracassé toutes les
limites*[4] *» la riche métaphore de la vie new-yorkaise. La*

1. *Ibid.*, p. 87-88.
2. *Ibid.*, p. 88-89.
3. *Ibid.*, p. 94.
4. *Ibid.*, p. 135.

*découverte de Rotgers Street est pour lui une « expérience
rare ». Elle offre une perspective « riche tout spécialement
pour l'œil, dans cette complexité d'échelles d'incendie qui
orne chaque façade et qui donne à l'ensemble du pano-
rama une allure tellement moderne et aménagée. [...] Le
mot même d'architecture se perd, car ces échelles de
secours ont l'air de rectifications confuses, d'escaliers et
de communications oubliés lors de la construction*[1] ».
*Sans doute que son observation de cette dimension ambi-
guë qui caractérisait sa population et du dynamisme
social qui en résulte l'a incité à observer les rues d'une
façon radicalement différente. Il contemple par exemple
l'entrée de Central Park s'ouvrant sur le monument à
Sherman et « sur le plus meurtrier, sans doute, de tous
les trafics culminants de voitures électriques, sur la plus
disparate de toutes les distributions disparates d'"appar-
tements" et autres hôtels tout en hauteur, sur le plus
jovial de tous les sacrifices de compositions préconçues,
bref sur la plus belle de toutes les révélations de l'humeur
téméraire de New York*[2] ».

*Ce qui apparaissait de façon si trouble et même si
ineffable chez James se révéla plus tard, chez John Dos
Passos. Avec ce dernier, la vie de tous les jours était placée au premier plan, ou du moins sur le même plan que
l'actualité nationale et internationale. Elle devenait extra-
ordinaire. Elle se mêlait aux événements véhiculés par la
presse écrite et au destin des héros qu'il campait avec net-
teté comme s'il avait découpé une silhouette. On plonge
à sa suite dans le rythme d'une journée new-yorkaise.
Voici, pour le comprendre, un moment de l'épopée noc-*

1. *Ibid.*, p. 132.
2. *Ibid.*, p. 171.

turne de Janey. «*Le plus pénible était le trajet de trois quarts d'heure en métro chaque matin pour gagner Union Square. Janey essayait de lire le journal dans un coin, loin de la bousculade. Elle aimait arriver au bureau avec la sensation d'être fraîche et dispose, sa robe pas froissée, bien coiffée, mais le long trajet cahotant l'éreintait et lui donnait envie de se changer et de prendre un bain. Elle aimait suivre la 14ᵉ Rue toute scintillante et lumineuse dans la poussière ensoleillée du matin et monter la Cinquième Avenue jusqu'au bureau*[1].» Elle ne put s'empêcher de s'exclamer (à moins que ce ne soit l'auteur) : «*La vie à New York est passionnante*[2].» Là où James s'étonnait, Dos Passos ne discernait plus que la pure poésie de la vie moderne — d'une modernité à la mesure d'un rêve futuriste de machines omnipotentes et de constructions horizontales, verticales et exorbitantes installées en toute quiétude dans le tissu urbain et qu'il a condensé dans des chapitres à la construction expérimentale baptisés «L'Œil de la caméra». Et tout commençait dans cette atmosphère et avec ce bruit : «*Le matin vibra au passage du premier train dans Alan Street. La lumière pénétra à travers les fenêtres, secoua les vieilles maisons de brique, éclaboussa de confettis l'armature du métro aérien*[3].»

D'autres visions littéraires avaient déjà apporté de la densité et de la profondeur à la représentation de New York au cours du siècle dernier : celle d'Edith Warthon,

---

1. *42ᵉ parallèle*, traduit par N. Cuterman, in *USA, John Dos Passos*, préfacé par Philippe Roger, «Quarto», Gallimard, 2002, p. 310.
   2. *Id.*, p. 312.
   3. *Manhattan Transfer*, traduit par Maurice Edgar Coindreau, «Folio», Gallimard, 1973, p. 163.

*d'une part, qui s'attachait à l'univers de l'aristocratie
de la côte Est, et celle, de l'autre, de Theodore Dreiser, qui
avait voulu en explorer les zones d'ombre et de misère, à
l'instar de Dickens dépeignant Londres au temps de la
reine Victoria. Elles restaient liées à une période de tran-
sition qui s'acheva avec la Grande Guerre.*

*Pour sa part, Francis Scott Fitzgerald a voulu, dès
son premier roman,* L'Envers du paradis, *s'affirmer
l'écrivain capable d'incarner une nouvelle génération,
mais aussi celui qui s'était donné pour objectif de mettre
en scène une nouvelle classe d'hommes selon une nouvelle conception de la littérature. Dos Passos avait effec-
tué sa révolution romanesque en plongeant dans le
macrocosme des employés et des ouvriers. Fitzgerald sera
le dramaturge de la classe montante, des arrivés et de
ceux qui veulent arriver. Il s'en expliqua plus tard dans
un essai,* Ma ville perdue *: « Ce fut alors que le concept
de "nouvelle génération" devint l'élément catalyseur de
la vie new-yorkaise. Si cette société produisit la* cock-
tail party, *elle donna naissance à la légèreté spirituelle
de Park Avenue*[1]. » *Ce jeune provincial originaire du
Middle West pouvait se considérer comme étant assez
bien placé pour tenir le rôle du porte-parole de cette
époque et de la vie new-yorkaise. Le grand succès de son
premier roman l'y encouragea et lui permet d'alimenter
avec une incroyable prodigalité de nombreux pério-
diques, dont* The Smart Set, Schribner's Magazine,
Post, Metropolitan Magazine, Collier's, Hearst's
International, *entre autres.*

*Quand il commence à écrire* The Great Gatsby *au
milieu de l'année 1923, il songe alors à une contribu-*

---

1. Cité in *Scott Fitzgerald*, André Le Vot, Julliard, 1979, p. 112.

*tion plus décisive encore à l'esprit de son temps. Son héros Nick Carraway lui ressemble en bien des points. Comme lui, il est ébloui et grisé par la vie à New York et est impatient d'y faire fortune. Mais le grand rêve est loin de la réalité : ce n'est qu'un modeste courtier en Bourse passablement désargenté qui va être introduit par des amis mieux lotis dans le monde enchanté et pourtant délétère (et vraisemblablement corrompu) de Gatsby, Jay Gatz. La plupart des invités de cet homme généreux et trop expansif le regardent avec une admiration un peu forcée et surtout avec une pointe d'ironie pour le* self made man *dont on ne cherche pas trop à comprendre de quelle façon il a amassé sa fortune. Gatsby,* The Great Gatsby, *est en tout cas l'incarnation du parvenu. Il a pris ses distances à Long Island, où il attire le Tout-New York. Le narrateur, lui, cherche désespérément fortune. Il s'identifie complètement à la vie de la ville et à ses valeurs, ce qui lui permet de rêver tout haut et, par stricte osmose, de s'imprégner de son style, de son rythme, de ses pulsations : « Je commençais à aimer New York, le côté incisif, hasardeux qu'elle prend la nuit, le plaisir que le va-et-vient incessant des hommes, des femmes et des voitures procure à l'œil constamment aux aguets. J'aimais remonter la Cinquième Avenue, m'isoler dans la foule des jeunes beautés romantiques, m'imaginer que je partageais leur vie pendant quelques minutes[1]. » Plus que tout, c'est le sens profond et grisant de son apparence ou, plutôt, de son illusion d'appartenance à un monde en pleine mutation et riche de promesses qui compte à ses yeux : « Vers huit heures à*

---

1. *Gatsby le Magnifique*, traduit par Jacques Tournier, Le Livre de Poche, 2005, p. 75.

*hauteur des 40ᵉ Rues, quand les allées obscures se rem-
plissaient du grondement des taxis qui se pressaient par
rang de cinq autour des théâtres, j'avais chaque soir le
même coup de cœur. Des ombres se pressaient l'une contre
l'autre au fond des voitures à l'arrêt, et des voix chan-
taient, et des rires saluaient de mystérieuses plaisante-
ries, et des points rouges de cigarettes soulignaient des
gestes inexplicables*[1]. » Au cœur de la vie et pourtant à
sa périphérie, notre jeune héros, Carraway, un provincial, s'exalte, comme Honoré de Balzac quand il quitta
Tours pour aller conquérir Paris. New York est l'antichambre de la réussite sociale, financière, amoureuse, la
Mecque de tous les coups de Bourse et des plus extravagantes spéculations, le purgatoire pour lui du succès
mondain et de la notoriété, alors que le vrai paradis,
c'est la propriété fastueuse de Gatsby à Long Island, un
paradis qui pourrait en un clin d'œil se métamorphoser
en un enfer. Et c'est bien ce qui se passe dans l'ouvrage.

L'univers de Francis Scott Fitzgerald est un univers où
l'on voyage beaucoup. C'est aussi celui d'un temps où
les écrivains anglo-saxons allaient volontiers s'installer
sur le Vieux Continent et surtout à Paris, soit parce que
leurs écrits étaient frappés d'interdit, comme ce fut le cas
pour James Joyce ou Ezra Pound, ou parce qu'ils étaient
irrésistiblement attirés par la culture européenne et le
mode de vie qu'on peut y conduire loin des États-Unis et
de la Grande-Bretagne, comme ce fut le cas pour Ernest
Hemingway ou Gertrude Stein. Ce nomadisme de l'intel-
ligence est associé à la faculté de traverser les océans de
manière confortable et rapide avec les transatlantiques.
À partir de là, l'entrée dans le port de New York prend

1. *Ibid.*

une autre signification et Fitzgerald le souligne au début de sa nouvelle «*Rags Martin-Jones et le prince de Galles*». Ces voyages luxueux n'ont plus rien à voir avec le périple pénible des Européens qui ont décidé de quitter leur terre natale pour tenter l'aventure en Amérique. Pour l'auteur d'Un diamant gros comme le Ritz, le voyage est intimement associé **au** mouvement brownien des nantis dont New York est le lieu d'ancrage et aussi de ces artistes et hommes de lettres pris d'un violent désir de cosmopolitisme : «*L'élite du monde, debout sur le pont, agitait idiotement la main en direction des parents pauvres qui attendaient, sur leur quai, leurs gants de Paris*[1]», souligne-t-il ailleurs avec une ironie assez cruelle.

Fitzgerald a donné le jour à une forme inédite de chronique mondaine et sociale où domine la légèreté et un humour grinçant. Dans «*Le Nouveau*», il imagine que son héros, Basil Lee, assiste à une représentation dans un théâtre de Broadway. Cette pièce raconte l'histoire d'un couple d'amoureux dont il ne retient pas grand-chose, ne parvenant à s'intéresser à l'intrigue qu'au deuxième acte, quand l'action se déroule dans le hall de l'hôtel Astor, la jeune femme étant transportée jusqu'à «*un degré de beauté*» par la magie d'une chanson : «*La joyeuse vie de New York. Pouvait-on la blâmer si elle se laissait entraîner par son chatoiement, et disparaissait dans le matin doré qui s'échappait de la salle de bal, quand quelqu'un en entrouvrait la porte ? L'hommage de la ville dorée*[2].» C'est alors que Basil Lee et que

1. *Les enfants du jazz*, traduit par Suzanne Mayoux, «Folio», Gallimard, 2004, p. 405.
2. *Un diamant gros comme le Ritz*, nouvelles choisies par Malcolm Cowley, traduites par Marie-Pierre Castelnau et Bernard Willerval, Robert Laffont, 1964, p. 405.

*l'actrice, investie par son rôle, communient dans cette
émotion intense, ce transport sublime qui sont engendrés
par le magnétisme irrésistible de la ville.*

Plus tard, Henry Miller a fait partie à son tour de
cette intelligentsia de romanciers et de poètes en rupture
de ban qui avaient choisi de quitter leur pays pour aller
vivre à Paris. Il ira jusqu'à publier l'un de ses plus
grands livres, Sexus, dans sa langue originale, chez
Maurice Girodias, l'éditeur d'Olympia Press, installé
dans la Ville lumière pour échapper à la censure. C'est
la même raison qui poussa William S. Burroughs à
s'installer dans un petit hôtel de la Rive gauche à la fin
des années cinquante pour préparer la publication du
Festin nu.

La New York de Miller n'avait plus grand-chose à voir
avec la cité qui apparaît dans les fictions de la « génération perdue ». Dans le deuxième volet de son grand trip-
tyque, La Crucifixion en rose, Nexus, *il imagina
une situation à la fois idéale et catastrophique vécue par
un écrivain dont l'épouse, Stasia, se charge d'assurer le
quotidien en travaillant à l'extérieur alors que lui, Miller, libéré de toute servitude et de toute responsabilité, reste
dans leur appartement de Brooklyn. Là, abandonné à
lui-même, il ronge son frein. Il se sent prisonnier et est en
proie à une forme aiguë de logorrhée qui se manifeste
avec d'autant plus de virulence dès qu'il se trouve au
contact de l'un de ses étranges interlocuteurs. Quand, à
de rares occasions, il parvient à échapper à ce huis clos
et s'aventure dans son quartier, on a le sentiment de
suivre les pas d'un rat enfermé dans un labyrinthe sou-
terrain dans l'espoir vain d'échapper à l'emprise de sa
femme :* « Comme j'étais du côté de Grand Central Sta-
tion, je descendis dans les sous-sols, où étaient parqués

*les porteurs de télégrammes*[1]*... »* Pendant ses brèves
incursions citadines, il ne cesse de rendre plus prégnante
et plus angoissante son incapacité à sortir de ce piège
métaphysique. C'est ce que nous fait comprendre sa
visite à la bibliothèque au coin de la Cinquième Avenue
et la 42ᵉ Rue : c'est là que lui vient l'idée de « s'établir »
en qualité de cireur de chaussures. Ce grand et impres-
sionnant cénotaphe de la connaissance lui inspire un
abîme de réflexions sur son identité exaspérées par la lec-
ture du Dictionnaire biographique : « *Si je pouvais
suivre le tracé de mes tours, détours, replis et sinuosités
sous les racines, peut-être parviendrais-je à atteindre le
fleuve qui me conduirait en pleine mer*[2]. » Dans cette
représentation de l'étouffement et de l'enfermement, l'écrivain n'a d'autre solution que de se jeter à corps perdu
dans le gouffre du métropolitain. Quand il remonte à la
surface, ce n'est que pour saisir des bribes de la réalité
urbaine, le plus souvent son revers le moins plaisant :
« *Nous décidâmes de changer d'air. Il y avait trop de
bruit ici. Nous prîmes une rue transversale semée de pou-
belles, de cageots vides et de détritus remontant à l'année
précédente pour le moins*[3]. » Dans ce long roman qui
passe pour une autobiographie, New York est quasiment
dissoute dans le flux essoufflé d'une narration (d'une
course mentale) qui n'accepte presque jamais de pause.

Dans le recueil de nouvelles Printemps noir, *Miller*
présente toutefois une vision différente de New York, on
voit le héros de « Plongée dans la vie nocturne » sur le
point de s'abandonner au gigantesque remugle de la

1. *Nexus*, traduit par Roger Giroux, Le Livre de Poche, 1996, p. 169.
2. *Ibid.*, p. 174.
3. *Ibid.*, p. 180.

*ville : «Au pont de Brooklyn, je suis planté comme d'ha-
bitude, à attendre que le tram tourne le coin. Dans la
chaleur de cette fin d'après-midi, la cité se dresse comme
un grand ours polaire qui ferait tomber ses rhododen-
drons. Leurs formes vacillent, le gaz envahit les poutres,
la fumée et la poussière des amulettes[1].» Le ton est
donné : la ville va être transmuée profondément dans
une optique expressément onirique ou, tout du moins,
surréaliste : «La ville halète dans la sueur de l'après-
midi. Du haut des gratte-ciel, sortent des parachutes de
fumée doux comme des plumes de Cléopâtre. L'air est
étouffé, les chauves-souris battent des ailes, le ciment
se ramollit, les rails de fer s'aplatissent sous les larges
rebords des roues des tramways. La vie est écrite en
caractères de douze pieds de haut, avec paragraphes,
virgules et points-virgules. Le pont oscille sur le lac de
gazoline au-dessous[2].» Et plus qu'un rêve, c'est un cau-
chemar, une hallucination qui emporte inéluctablement
l'homme à travers l'univers. Quand il rentre chez lui, les
visions qui l'assaillent sont de plus en plus dantesques :
les rues sont alors bordées de cimetières innombrables et
tout s'achève par une vision effrayante de ce qui menace
l'humanité aux quatre coins du monde.*

*Dans le même recueil, Miller se retourne sur son passé
pour évoquer sa jeunesse dans la nouvelle intitulée «Le
14ᵉ District». Il est conscient que tout s'est renversé
depuis longtemps et que ce qu'il perçoit du passé est
un simulacre : «Nous ne buvons plus à la farouche
musique extérieure des rues — nous nous* souvenons

---

1. *Printemps noir*, traduit par Henri Fluchère, «Folio», Gallimard, 1975, p. 201.
2. *Ibid.*, p. 202.

*seulement*[1]. »*Bientôt le rêve reprends ses droits, comme
s'il était investi d'une dignité sacrée. Et alors la nostalgie étreint le narrateur : «Ici gisent ensevelies légende
après légende de jeunesse et de mélancolie, de nuits sauvages et de seins mystérieux dansant sur le miroir mouillé
du trottoir […], de vociférations de marins déchaînés, de
longues queues stationnant devant le couloir, de bateaux
se frôlant dans le brouillard et de remorqueurs renâclant
rageusement contre la ruée du courant, tandis que là-
haut, sur le pont de Brooklyn, un homme se dresse, torturé, prêt à sauter, ou prêt à écrire un poème […][2]. »*

Il y a encore beaucoup d'autres New York, plus ou
moins fantasmées, comme celle de Jack Kerouac dans
Les souterrains *ou celle de Paul Auster, plus intimiste.*
*Ce sont là des représentations réalisées par des écrivains
qui n'ont plus attrapé le virus cosmopolite même s'ils
furent aussi de grands voyageurs. Ceux-ci ont commencé
leur œuvre après la Seconde Guerre mondiale, quand
New York a supplanté Paris en qualité de capitale du
monde libre. Jerome Copernic Charyn, qui y est né, n'a
pas échappé à cette conception, même s'il a passé la moitié de sa vie en France. Une bonne partie de ses romans
s'y déroulent. Il a grandi dans le Bronx, un quartier
déshérité. Il a laissé en lui une trace profonde, comme
une marque d'infamie. Dès qu'il songe à son père exerçant son métier de chiffonnier, il ressent de la honte et il
a l'impression de basculer de nouveau dans l'obscurité
d'un univers souillé et grotesque : «Des familles entières
accroupies sur leur perron regardaient passer cette cara-
vane verticale. Bruno [son père] valait mieux qu'une*

---

1. *Ibid.*, p. 24.
2. *Ibid.*, p. 26.

*entrée au cinéma. Comme à la dérive, il s'enfonçait
dans le Bronx, disparaissait ; tous pensaient alors que
les chiffons l'avaient englouti ; puis une montagne
rouge sale émergeait, cahotante, le long des toits du pâté
de maisons voisin. Les enfants criaient, "Bruny ! Bruny
la Fripe !"*[1] *»* À l'instar de Lamed Shapiro, l'auteur
de New-yorkaises, *il utilise ce coin peu reluisant de
Pologne hébraïque transplanté au bord de l'Atlantique
dans plusieurs de ses ouvrages, en particulier dans*
Poisson-chat. *Dans ce roman publié en 1980, il a
dépeint cette banlieue* intra-muros *si pauvre, caracté-
ristique de l'urbanisme anglo-américain, pour la faire
revivre sous nos yeux vingt années, du début de la
guerre de Corée à la fin des années soixante-dix. La vie
y était rythmée par les Lois talmudiques, par les offices
d'un rabbin zélé et inquiétant, par les rites du sabbat.
Alors qu'il sillonnait le pays d'est en ouest, il n'a pas
cessé un instant de revenir par l'imagination sur cette
région misérable de la grande cité sur les rives du Bronx,
«une sinueuse petite rivière, célèbre pour ses poissons-
chats et la couleur de la boue*[2] *». Ces habitants des eaux
troubles appartenaient de plein droit au quotidien et
«pour l'enclave de Juifs polonais qui dominait jadis
sa rive ouest, de Longfellow Avenue à Crotona Park, le
poisson-chat* était une créature *avec laquelle on devait
compter […], on en riait et on le massacrait pour le
manger. Pour les épiciers et les diamantaires de Park-
chester, de Riverdale et du Grand Carrefour, il n'aurait
pas été comestible : pas d'écailles, des mœurs de porc, se*

1. *Le Nez de Pinocchio*, traduit par Daniel Mauroc, «Nouveau
Cabinet cosmopolite», Stock, 1990, p. 12.
2. *Poisson-chat*, traduit par Daniel Mauroc, «Points», Seuil,
1999, p. 19.

*vautrant dans la boue, batailleur horrible, il est absolu-*
*ment impur. Les Juifs miséreux de Longfellow Avenue*
*ne comprenaient guère ce genre de lois diététiques. Ils*
*étaient d'une race à part*[1] *».*

Isaac Sidel, le bon vieux flic juif qui mène ses
enquêtes déguisé en clochard, qu'on surnomme le Pur,
lui à qui on n'en conte pas, pourrait lui aussi être originaire de ces immeubles sordides du Bronx. En fait, il
n'est jamais sorti des bas-fonds et il n'a fait qu'en élargir la circonférence en menant sans relâche ses enquêtes,
ses investigations dans la sphère putride de la pègre.
Dans Isaac le mystérieux, l'auteur le fait évoluer dans
le milieu de la prostitution. Plutôt que de monter des
décors et de produire de la couleur locale, c'est par le langage, au fil de dialogues vifs et nerveux, qu'il traduit
l'identité de chaque lieu où se retrouve son policier. Et
c'est aussi par le truchement du monologue intérieur
qu'il parvient à découvrir l'essence noire et corrompue de
sa ville quand il en aborde les zones les plus repous-
santes : «Les environs de Crotona Park avaient l'air
d'avoir été passés au napalm. Le Bronx comptait plus
de pyromanes que d'épiciers[2]. »

Jerome Charyn ne s'attachait pas exclusivement aux
régions délétères de son enfance ou aux artères du vice et
de la corruption. Il pouvait être fasciné par tout ce qui
avait eu le pouvoir de façonner l'image captivante et
fastueuse de New York. Il l'a entrepris dans C'était
Broadway. *Il y transforma en fiction l'histoire du quar-*
*tier où s'est épanoui le music-hall, véritable émanation*

1. *Ibid.*, p. 9-10.
2. *Isaac le mystérieux*, traduit par Daniel Mauroc, «Folio»,
Gallimard, 1996.

*de l'esprit américain, de son art de vivre et de son esthé-*
*tique. Quand il y évoqua un endroit légendaire, le Min-*
*dy's Restaurant, il était sous le charme : « C'est presque*
*comme si aucun endroit n'existait ou n'avait beaucoup*
*d'importance sur la Grande Rue. Dans* La Fêlure*,*
*Scott Fitzgerald écrit sur Broadway et sur sa propre dis-*
*grâce lorsqu'il vivait dans une sorte de stupeur alcoo-*
*lique [...]. Mais les nuits obscures de l'homme n'avaient*
*pas droit de cité au Mindy's. On commençait à s'y amu-*
*ser à trois heures du matin. Et quatre heures était l'heure*
*magique, quand les girls du Club des Seize Cents du*
*Missouri Martin ou du Midnight Frolic, la boîte de nuit*
*sur le toit de chez Eirgfeld, faisaient leur apparition au*
*Mindy's pour prendre un en-cas du petit matin*[1]*... »*
*Charyn se fait le chroniqueur de ces lieux enchantés de*
*la nuit et des hommes qui les avaient inventés. Et com-*
*ment mieux mettre en relief cette interaction permanente*
*entre la géographie urbaine, ses fonctions, ses mythes,*
*leur magie et les hommes qui savent jouer de leur vita-*
*lité ? Charyn a établi une chronologie de New York depuis*
*sa fondation jusqu'au moment où elle a pu s'imposer au*
*reste de la planète. L'essor de Broadway est étroitement*
*lié à celui de la puissance des États-Unis. Broadway,*
*« étourdissante machine à désir », selon Asbury, unique*
*en son genre, est le creuset de la comédie musicale, qui*
*est ensuite reproduite à un niveau industriel par les stu-*
*dios de la côte Ouest. Ces films font souvent l'apologie de*
*New York, comme s'ils devaient reconnaître leur dette à*
*l'égard de Broadway. La musique, la chanson, la danse*
*ont été les véhicules d'une culture juvénile, dynamique*

---

1. *C'était Broadway*, traduit par Cécile Nelson, Denoël &
d'ailleurs, 2005, p. 20-21.

*et tout à la fois pragmatique et idéaliste, bon enfant et malgré tout raffinée, subtile et inventive. Il y a, en apparence, un gouffre entre la manufacture du divertissement née à Broadway et le destin bizarre de la petite chanteuse juive du Bronx, Shaindele, que relata Charyn avec un humour dévorant. C'est là que l'adolescente fait ses débuts au théâtre de Henry Street, en cachant son état de fille, où elle interprète* Oif'n Pripetchick, *n'ayant pour sa part d'autre idée en tête que d'obtenir de son père tyrannique qu'il lui achète enfin un soutien-gorge. Il y esquisse une interprétation du microcosme du* yiglish *de l'East Broadway pour nous amener outre dans le monde, le vrai, du bon côté de New York. Entre ce petit théâtre miteux et les grands théâtres de la 42ᵉ Rue s'est écrite l'histoire d'une culture.*

GÉRARD-GEORGES LEMAIRE

# New York Stories

# Nouvelles
new-yorkaises

Francis Scott Fitzgerald

Rags Martin-Jones
and the Prince of Wales

Rags Martin-Jones
et le prince de Galles

*Traduit de l'américain
par Suzanne Mayoux*

# I

The *Majestic* came gliding into New York harbor on an April morning. She sniffed at the tugboats and turtle-gaited ferries, winked at a gaudy young yacht, and ordered a cattle-boat out of her way with a snarling whistle of steam. Then she parked at her private dock with all the fuss of a stout lady sitting down, and announced complacently that she had just come from Cherbourg and Southampton with a cargo of the very best people in the world.

The very best people in the world stood on the deck and waved idiotically to their poor relations who were waiting on the dock for gloves from Paris.

# I

Le *Majestic* fendait les eaux du port de New York par un beau matin d'avril. Il renifla au nez des remorqueurs et des bacs à l'allure de tortue, adressa un clin d'œil à un jeune yacht aguicheur, et, d'un coup de sirène revêche, écarta de son chemin un transport de bestiaux. Puis il s'amarra à son quai personnel avec autant de manières qu'une grosse dame qui s'assied, et annonça complaisamment qu'il venait tout droit de Cherbourg et Southampton en transportant à son bord l'élite du monde.

L'élite du monde, debout sur le pont, agitait idiotement la main en direction des parents pauvres qui attendaient, sur le quai, leurs gants de Paris.

Before long a great toboggan had connected the
*Majestic* with the North American continent, and
the ship began to disgorge these very best people
in the world — who turned out to be Gloria
Swanson, two buyers from *Lord & Taylor*, the
financial minister from Graustark with a proposal
for funding the debt, and an African king who
had been trying to land somewhere all winter and
was feeling violently seasick.

The photographers worked passionately as the
stream of passengers flowed on to the dock. There
was a burst of cheering at the appearance of a pair
of stretchers laden with two Middle-Westerners
who had drunk themselves delirious on the last
night out.

The deck gradually emptied, but when the last
bottle of Benedictine had reached shore the photographers still remained at their posts. And the
officer in charge of debarkation still stood at the
foot of the gangway, glancing first at his watch
and then at the deck as if some important part
of the cargo was still on board. At last from the
watchers on the pier there arose a long-drawn
"Ah-h-h!" as a final entourage began to stream
down from deck B.

First came two French maids, carrying small,
purple dogs, and followed by a squad of porters,
blind and invisible under innumerable bunches
and bouquets of fresh flowers. Another maid followed, leading a sad-eyed orphan child of a French
flavor,

Un grand toboggan eut tôt fait de réunir le *Majes-tic* au continent nord-américain, et le navire commença à dégorger l'élite du monde, autrement dit Gloria Swanson, deux acheteurs de chez *Lord & Taylor*, le ministre des finances de Graus-tark se proposant de consolider la dette, et un roi africain qui avait passé tout l'hiver à essayer de débarquer quelque part et souffrait d'un violent mal de mer.

Les photographes travaillaient ferme pendant que le flot des passagers s'écoulait sur le quai. Des applaudissements explosèrent à l'apparition sur des civières de deux natifs du Middle West qui s'étaient soûlés à mort pour fêter la dernière nuit de la traversée.

Le pont se vida graduellement, mais, alors que la dernière bouteille de Bénédictine était parvenue à quai, les photographes restèrent à leur poste. L'officier responsable du débarquement se tenait planté au pied de la passerelle, et regardait alternativement sa montre et le pont, comme si une partie précieuse de la cargaison se fût encore trouvée à bord. Un long « Ah-h-h ! » de satisfaction monta enfin de la foule groupée autour du débar-cadère, lorsqu'un cortège singulier commença à descendre du pont B.

En tête venaient deux femmes de chambre fran-çaises, chargées de petits chiens violacés, et suivies d'une escouade de porteurs, aveugles et invisibles sous d'innombrables gerbes et bouquets de fleurs fraîches. Une autre femme de chambre venait der-rière ; elle tenait par la main un enfant aux yeux tristes, un petit orphelin à l'air français ;

and close upon its heels walked the second officer pulling along three neurasthenic wolfhounds, much to their reluctance and his own.

A pause. Then the captain, Sir Howard George Witchcraft, appeared at the rail, with something that might have been a pile of gorgeous silver-fox fur standing by his side.

Rags Martin-Jones, after five years in the capitals of Europe, was returning to her native land!

Rags Martin-Jones was not a dog. She was half a girl and half a flower, and as she shook hands with Captain Sir Howard George Witchcraft she smiled as if someone had told her the newest, freshest joke in the world. All the people who had not already left the pier felt that smile trembling on the April air and turned around to see.

She came slowly down the gangway. Her hat, an expensive, inscrutable experiment, was crushed under her arm, so that her scant boy's hair, convict's hair, tried unsuccessfully to toss and flop a little in the harbor wind. Her face was like seven o'clock on a wedding morning save where she had slipped a preposterous monocle into an eye of clear childish blue. At every few steps her long lashes would tilt out the monocle, and she would laugh, a bored, happy laugh, and replace the supercilious spectacle in the other eye.

Tap! Her one hundred and five pounds reached the pier and it seemed to sway and bend from the shock of her beauty. A few porters fainted.

il était lui-même talonné par l'officier en second, qui traînait deux borzoïs neurasthéniques, contre leur gré et contre le sien propre.

Il y eut une pause. Puis le capitaine, Sir Howard George Witchcraft, apparut au bastingage, flanqué de quelque chose qui aurait pu être un tas de somptueux renards argentés.

Rags Martin-Jones, après cinq ans dans les capitales européennes, revenait sur sa terre natale !

Rags Martin-Jones n'était pas un chien. Elle était mi-fille, mi-fleur, et, tout en serrant la main au capitaine Sir Howard George Witchcraft, elle sourit comme si l'on venait de lui glisser à l'oreille la plaisanterie la plus charmante et la plus neuve. Tous ceux qui n'avaient pas encore quitté le débarcadère sentirent ce sourire frémir dans l'air d'avril et se retournèrent pour la voir.

Elle descendit lentement la passerelle. Elle tenait son chapeau, œuvre expérimentale coûteuse et hermétique, écrasé sous son bras, de sorte que ses cheveux ras de petit garçon, ou plutôt de bagnard, tentaient vainement de se soulever et de voleter un peu dans le vent du port. Son visage évoquait l'aube d'un jour de noces, sauf à l'endroit où elle plaquait un monocle saugrenu sur son œil d'un bleu limpide et enfantin. Tous les trois pas, ses longs cils repoussaient le verre, et elle riait, d'un rire blasé, heureux, avant de remettre à l'autre œil ce monocle insolent.

Tap ! Ses cinquante kilos touchèrent le débarcadère qui sembla s'infléchir et palpiter sous le choc d'une telle beauté. Quelques porteurs s'évanouirent.

A large, sentimental shark which had followed the ship across made a despairing leap to see her once more, and then dove, broken-hearted, back into the deep sea. Rags Martin-Jones had come home.

There was no member of her family there to meet her, for the simple reason that she was the only member of her family left alive. In 1913 her parents had gone down on the *Titanic* together rather than be separated in this world, and so the Martin-Jones fortune of seventy-five millions had been inherited by a very little girl on her tenth birthday. It was what the consumer always refers to as a "shame."

Rags Martin-Jones (everybody had forgotten her real name long ago) was now photographed from all sides. The monocle persistently fell out, and she kept laughing and yawning and replacing it, so no very clear picture of her was taken — except by the motion-picture camera. All the photographs, however, included a flustered, handsome young man, with an almost ferocious love-light burning in his eyes, who had met her on the dock. His name was John M. Chestnut, he had already written the story of his success for the *American Magazine*, and he had been hopelessly in love with Rags ever since the time when she, like the tides, had come under the influence of the summer moon.

Un grand requin sentimental qui avait suivi la traversée se souleva d'un bond désespéré pour la voir une dernière fois, puis il replongea, le cœur brisé, dans la mer profonde. Rags Martin-Jones rentrait chez elle.

Personne de sa famille n'était venu l'accueillir, pour la simple raison qu'elle en était le seul membre survivant. En 1913, ses parents avaient sombré avec le *Titanic* plutôt que d'être séparés en ce monde, et ainsi une très petite fille avait hérité, le jour de son dixième anniversaire, les soixante-quinze millions des Martin-Jones. C'était ce que le consommateur appelle toujours une histoire triste.

On photographiait maintenant Rags Martin-Jones (tout le monde avait oublié son vrai nom depuis longtemps) sous tous les angles. Comme le monocle tombait régulièrement et qu'elle ne cessait de rire, de bâiller et de le remettre en place, il était difficile d'obtenir d'elle une image nette, autrement qu'à la caméra. Toutes les photographies comprenaient néanmoins un beau jeune homme très ému, dans les yeux de qui brûlait un amour presque farouche ; il était venu à sa rencontre sur le débarcadère. Il s'appelait John M. Chestnut, il avait déjà rédigé le récit de sa réussite pour l'*American Magazine*, et il était désespérément amoureux de Rags depuis l'époque où elle était entrée, comme les marées, sous l'influence de la lune d'été.

When Rags became really aware of his presence they were walking down the pier, and she looked at him blankly as though she had never seen him before in this world.

"Rags," he began, "Rags—"

"John M. Chestnut?" she inquired, inspecting him with great interest.

"Of course!" he exclaimed angrily. "Are you trying to pretend you don't know me? That you didn't write me to meet you here?"

She laughed. A chauffeur appeared at her elbow, and she twisted out of her coat, revealing a dress made in great splashy checks of sea-blue and gray. She shook herself like a wet bird.

"I've got a lot of junk to declare," she remarked absently.

"So have I," said Chestnut anxiously, "and the first thing I want to declare is that I've loved you, Rags, every minute since you've been away."

She stopped him with a groan.

"Please! There were some young Americans on the boat. The subject has become a bore."

"My God!" cried Chestnut, "do you mean to say that you class MY love with what was said to you on a BOAT?"

His voice had risen, and several people in the vicinity turned to hear.

"Sh!" she warned him, "I'm not giving a circus. If you want me to even see you while I'm here, you'll have to be less violent."

Quand Rags prit vraiment conscience de sa présence, ils marchaient ensemble le long de la jetée, et elle le regarda, impassible, comme si elle ne l'avait jamais vu de sa vie.

«Rags, commença-t-il, Rags…

— John M. Chestnut?» s'enquit-elle, en l'examinant avec un vif intérêt.

«Bien sûr! s'exclama-t-il, irrité. Allez-vous prétendre que vous ne me connaissez pas? Que vous ne m'avez pas écrit de venir vous attendre ici?»

Elle rit. Un chauffeur surgit à ses côtés, et elle se glissa hors de son manteau, révélant une robe éclaboussée de grands carreaux bleu d'outremer et gris. Elle s'ébroua comme un oiseau mouillé.

«J'ai un tas de camelote à déclarer, dit-elle distraitement.

— Moi aussi», intervint anxieusement Chestnut, «et la première, c'est que je vous ai aimée, Rags, à chaque minute, depuis que vous êtes partie.»

Elle l'arrêta avec un gémissement.

«Je vous en prie! Il y avait à bord quelques jeunes Américains. Ce sujet est devenu assommant.

— Mon Dieu, s'écria Chestnut, mettez-vous donc MON amour dans le même sac que ce qu'on a pu vous raconter à BORD?»

Il avait élevé la voix, et plusieurs personnes dans le voisinage se retournèrent pour écouter.

«Chut! avertit-elle, je ne me donne pas en spectacle de cirque. Si vous voulez que j'accepte seulement de vous voir pendant mon séjour ici, il faudra devenir moins violent.»

But John M. Chestnut seemed unable to control his voice.

"Do you mean to say" — it trembled to a carrying pitch — "that you've forgotten what you said on this very pier five years ago last Thursday?"

Half the passengers from the ship were now watching the scene on the dock, and another little eddy drifted out of the customs-house to see.

"John" — her displeasure was increasing — "if you raise your voice again I'll arrange it so you'll have plenty of chance to cool off. I'm going to the *Ritz*. Come and see me there this afternoon."

"But, Rags!" he protested hoarsely. "Listen to me. Five years ago —"

Then the watchers on the dock were treated to a curious sight. A beautiful lady in a checkered dress of sea-blue and gray took a brisk step forward so that her hands came into contact with an excited young man by her side. The young man retreating instinctively reached back with his foot, but, finding nothing, relapsed gently off the thirty-foot dock and plopped, after a not ungraceful revolution, into the Hudson River.

A shout of alarm went up, and there was a rush to the edge just as his head appeared above water. He was swimming easily, and, perceiving this, the young lady who had apparently been the cause of the accident leaned over the pier and made a megaphone of her hands.

"I'll be in at half past four," she cried.

Mais John M. Chestnut n'était plus maître de sa voix. Elle atteignit un registre retentissant.

«Voulez-vous dire que vous avez oublié ce que vous m'aviez dit sur cette même jetée, voilà cinq ans de cela jeudi dernier?»

La moitié des passagers du navire contemplaient maintenant la scène, et un nouveau détachement ressortit du bureau des douanes pour y assister.

«John», dit-elle avec un déplaisir croissant, «si vous élevez le ton une nouvelle fois, je ferai en sorte que vous ayez tout le temps de vous calmer. Je vais au *Ritz*. Venez me voir là-bas cet après-midi.

— Mais, Rags!» protesta-t-il d'un ton rauque. «Écoutez-moi... il y a cinq ans...»

Alors, les badauds du quai eurent droit à un spectacle étonnant. Une femme ravissante, en robe à carreaux bleus et gris, s'avança d'un pas vif qui amena ses mains en contact avec un jeune homme excité, debout auprès d'elle. Reculant instinctivement, le jeune homme porta le pied en arrière, mais il ne trouva que du vide et tomba gentiment du haut des neuf mètres de la jetée; après une évolution non dépourvue de grâce, il plongea dans les eaux de l'Hudson.

Un cri d'alarme jaillit, et la foule se précipita vers le bord du quai au moment même où sa tête réapparaissait à la surface. Il nageait avec aisance, ce que voyant, la jeune femme qui avait apparemment été cause de l'accident se pencha en avant en formant un porte-voix de ses mains réunies:

«Je serai là à quatre heures et demie», cria-t-elle.

And with a cheerful wave of her hand, which
the engulfed gentleman was unable to return, she
adjusted her monocle, threw one haughty glance
at the gathered crowd, and walked leisurely from
the scene.

## II

The five dogs, the three maids, and the French
orphan were installed in the largest suite at the
*Ritz*, and Rags tumbled lazily into a steaming
bath, fragrant with herbs, where she dozed for the
greater part of an hour. At the end of that time
she received business calls from a masseuse, a
manicure, and finally a Parisian hair-dresser, who
restored her hair-cut to criminal's length. When
John M. Chestnut arrived at four he found half a
dozen lawyers and bankers, the administrators of
the Martin-Jones trust fund, waiting in the hall.
They had been there since half past one, and were
now in a state of considerable agitation.

After one of the maids had subjected him to a
severe scrutiny, possibly to be sure that he was
thoroughly dry, John was conducted immediately
into the presence of m'selle. M'selle was in her
bedroom reclining on the chaise-longue among
two dozen silk pillows that had accompanied her
from the other side. John came into the room
somewhat stiffly and greeted her with a formal
bow.

Après un geste joyeux de la main, que le nageur ne fut pas en mesure de rendre, elle réajusta son monocle, balaya la foule d'un regard hautain, et s'éloigna tranquillement.

## II

Les cinq chiens, les trois femmes de chambre et l'orphelin français prirent possession du plus grand appartement du *Ritz*, et Rags s'enfonça paresseusement dans un bain fumant, aux fragrances végétales, où elle somnola pendant près d'une heure. Après quoi elle reçut les visites officielles d'une masseuse, d'une manucure et enfin d'un coiffeur parisien qui rafraîchit la coupe criminelle de ses cheveux. Quand John M. Chestnut arriva à quatre heures, il trouva une demi-douzaine d'hommes de loi et de banquiers, les administrateurs de la fortune des Martin-Jones, qui attendaient dans l'antichambre. Ils étaient là depuis treize heures trente et se trouvaient en proie à une agitation considérable.

Après l'avoir soumis à une inspection sévère, pour s'assurer peut-être qu'il était bien sec, une femme de chambre le conduisit en présence de Mademoiselle. Mademoiselle était dans sa chambre, étendue sur la méridienne au milieu de vingt-cinq coussins qui l'avaient accompagnée à travers l'Atlantique. John entra assez contracté dans la pièce, et s'inclina cérémonieusement.

"You look better," she said, raising herself from her pillows and staring at him appraisingly. "It gave you a color."

He thanked her coldly for the compliment.

"You ought to go in every morning." And then she added irrelevantly : "I'm going back to Paris tomorrow."

John Chestnut gasped.

"I wrote you that I didn't intend to stay more than a week anyhow," she added.

"But, Rags —"

"Why should I? There isn't an amusing man in New York."

"But listen, Rags, won't you give me a chance? Won't you stay for, say, ten days and get to know me a little?"

"Know you!" Her tone implied that he was already a far too open book. "I want a man who's capable of a gallant gesture."

"Do you mean you want me to express myself entirely in pantomime?"

Rags uttered a disgusted sigh.

"I mean you haven't any imagination," she explained patiently. "No Americans have any imagination. Paris is the only large city where a civilized woman can breathe."

"Don't you care for me at all any more?"

"I wouldn't have crossed the Atlantic to see you if I didn't. But as soon as I looked over the Americans on the boat, I knew I couldn't marry one. I'd just hate you, John, and the only fun I'd have out of it would be the fun of breaking your heart."

« Vous avez meilleure mine », dit-elle en se sou-
levant sur ses oreillers pour le regarder d'un air
approbateur. « Cela vous a donné des couleurs. »

Il la remercia froidement du compliment.

« Vous devriez faire un plongeon tous les matins.
Je retourne à Paris demain », ajouta-t-elle abrup-
tement.

John Chestnut ouvrit la bouche.

« D'ailleurs je vous avais écrit que je ne comp-
tais pas rester plus d'une semaine.

— Mais, Rags…

— Pourquoi rester ? Il n'y a pas dans tout New
York un seul homme amusant.

— Écoutez-moi, Rags, ne me donnerez-vous pas
une chance ? Refusez-vous de rester, disons, dix
jours, le temps de me connaître un peu mieux ?

— Vous connaître ! » Le ton signifiait qu'elle
ne voyait déjà que trop clair en lui. « Je veux un
homme qui soit capable d'un geste galant.

— Souhaiteriez-vous que je m'exprime exclusivement en pantomimes ? »

Rags émit un soupir de dégoût.

« Vous n'avez aucune imagination », expliqua-
t-elle patiemment. « Aucun Américain n'a d'imagination. Paris est la seule grande ville du monde
où une femme civilisée respire.

— Vous suis-je devenu tout à fait indifférent ?

— Je n'aurais pas traversé l'Atlantique pour
vous voir, si cela était. Mais dès que j'ai côtoyé les
Américains à bord, j'ai compris que je ne pourrais
jamais en épouser un. Je vous prendrais en grippe,
John, et le seul plaisir que j'en tirerais serait de
m'amuser à vous briser le cœur. »

She began to twist herself down among the cushions until she almost disappeared from view.

"I've lost my monocle," she explained.

After an unsuccessful search in the silken depths she discovered the illusive glass hanging down the back of her neck.

"I'd love to be in love," she went on, replacing the monocle in her childish eye. "Last spring in Sorrento I almost eloped with an Indian rajah, but he was half a shade too dark, and I took an intense dislike to one of his other wives."

"Don't talk that rubbish!" cried John, sinking his face into his hands.

"Well, I didn't marry him," she protested. "But in one way he had a lot to offer. He was the third richest subject of the British Empire. That's another thing — are you rich?"

"Not as rich as you."

"There you are. What have you to offer me?"

"Love."

"Love!" She disappeared again among the cushions. "Listen, John. Life to me is a series of glistening bazaars with a merchant in front of each one rubbing his hands together and saying 'Patronize this place here. Best bazaar in the world.' So I go in with my purse full of beauty and money and youth, all prepared to buy. 'What have you got for sale?' I ask him, and he rubs his hands together and says: 'Well, Mademoiselle, to-day we have some perfectly be-OO-tiful love.'

Elle se mit à se tortiller dans ses coussins au point de s'y engloutir presque complètement.

« J'ai perdu mon monocle », expliqua-t-elle.

Après de vaines recherches dans les profondeurs de soie, elle découvrit que cet objet fuyant lui pendait dans le dos.

« J'aimerais **tant** être amoureuse », reprit-elle en plaçant le monocle devant son œil candide. « L'année dernière, à Sorrente, j'ai failli me faire enlever par un rajah, mais il avait la peau juste un peu trop foncée, et l'une de ses autres femmes m'était très antipathique.

— Ne dites pas ces absurdités ! » explosa John en enfouissant son visage dans ses mains.

« Mais, je ne l'ai pas épousé ! protesta-t-elle. Pourtant, en un sens, il avait beaucoup à offrir. Sa fortune venait au troisième rang des sujets de l'Empire britannique. À propos, une autre chose : êtes-vous riche ?

— Pas aussi riche que vous.

— Nous y voilà. Qu'avez-vous à m'offrir ?

— Mon amour. »

— De l'amour ! » Elle disparut à nouveau dans ses coussins. « Écoutez, John. La vie n'est pour moi qu'une série de bazars illuminés ; au seuil de chacun se tient un marchand qui se frotte les mains en clamant : "Donnez-moi votre clientèle. J'ai le meilleur bazar du monde." Alors, j'entre avec mon porte-monnaie tout plein de beauté, d'argent et de jeunesse, prête à acheter. Je demande : "Qu'avez-vous à vendre ?" Il continue à se frotter les mains et annonce : "Eh bien, mademoiselle, nous avons aujourd'hui le plus mê-ê-ê-erveilleux amour." »

Sometimes he hasn't even got that in stock, but he sends out for it when he finds I have so much money to spend. Oh, he always gives me love before I go — and for nothing. That's the one revenge I have."

John Chestnut rose despairingly to his feet and took a step toward the window.

"Don't throw yourself out," Rags exclaimed quickly.

"All right." He tossed his cigarette down into Madison Avenue.

"It isn't just you," she said in a softer voice. "Dull and uninspired as you are, I care for you more than I can say. But life's so endless here. Nothing ever comes off."

"Loads of things come off," he insisted. "Why, to-day there was an intellectual murder in Hoboken and a suicide by proxy in Maine. A bill to sterilize agnostics is before Congress —"

"I have no interest in humor," she objected, "but I have an almost archaic predilection for romance. Why, John, last month I sat at a dinnertable while two men flipped a coin for the kingdom of Schwartzberg-Rhineminster. In Paris I knew a man named Blutchdak who really started the war, and has a new one planned for year after next."

"Well, just for a rest you come out with me tonight," he said doggedly.

Il arrive souvent qu'il n'ait même pas ça dans sa boutique, mais il en fait venir quand il s'aperçoit que j'ai tant d'argent à dépenser. Oh ! il m'offre toujours son amour avant que je sois repartie, et pour rien. C'est ma seule revanche. »

John Chestnut, au désespoir, se leva et fit un pas vers la fenêtre.

« Ne vous jetez pas en bas », s'exclama vivement Rags.

« D'accord. »

Il laissa tomber sa cigarette dans Madison Avenue.

« Ce n'est pas seulement vous », dit-elle d'un ton plus doux. « Si ennuyeux et peu inspiré que vous soyez, vous m'êtes plus cher que je ne puis le dire. Mais la vie est interminable ici. Rien n'aboutit jamais.

— Des tas de choses aboutissent, protesta-t-il. Voyons, nous avons eu aujourd'hui un meurtre intellectuel à Hoboken, un suicide par procuration dans le Maine ; un projet de loi pour la stérilisation des agnostiques est déposé devant le Sénat…

— L'humour ne m'intéresse pas, rétorqua-t-elle, mais j'ai une prédilection presque archaïque pour le romanesque. Voyez-vous, John, j'ai assisté le mois dernier à un dîner au cours duquel deux hommes ont joué le royaume de Schwartzberg-Rhineminster à pile ou face. J'ai connu à Paris un certain Blutchdak qui a réellement déclenché la guerre, et qui en tient une autre toute prête pour dans deux ans.

— Alors, pour vous reposer, accompagnez-moi ce soir », dit-il, opiniâtre.

"Where to?" demanded Rags with scorn. "Do you think I still thrill at a night-club and a bottle of sugary *mousseux*? I prefer my own gaudy dreams."

"I'll take you to the most highly-strung place in the city."

"What'll happen? You've got to tell me what'll happen."

John Chestnut suddenly drew a long breath and looked cautiously around as if he were afraid of being overheard.

"Well, to tell you the truth," he said in a low, worried tone, "if everything was known, something pretty awful would be liable to happen to ME."

She sat upright and the pillows tumbled about her like leaves.

"Do you mean to imply that there's anything shady in your life?" she cried, with laughter in her voice. "Do you expect me to believe that? No, John, you'll have your fun by plugging ahead on the beaten path — just plugging ahead."

Her mouth, a small insolent rose, dropped the words on him like thorns. John took his hat and coat from the chair and picked up his cane.

"For the last time — will you come along with me to-night and see what you will see?"

"See what? See who? Is there anything in this country worth seeing?"

"Well," he said, in a matter-of-fact tone, "for one thing you'll see the Prince of Wales."

«Où? demanda Rags dédaigneusement. Croyez-vous que je vais vibrer dans un night-club devant une bouteille de *mousseux* sucraillé? Je préfère le clinquant de mes rêves à moi.

— Je vous emmène dans l'endroit le plus sur-volté de la ville.

— Que s'y passera-t-il? Il faut que vous me disiez ce qui se passera.»

John Chestnut prit subitement son souffle et jeta un regard prudent autour de lui comme s'il crai-gnait d'être entendu.

«À vous dire vrai», reprit-il d'une voix sourde, inquiète, «si tout se savait, il pourrait *m'*arriver là quelque chose d'assez terrible…»

Elle se redressa brusquement et les coussins tombèrent autour d'elle comme des feuilles.

«Prétendez-vous donc qu'il existe quoi que ce soit de douteux dans votre vie?» s'écria-t-elle, des rires plein la voix. «Espérez-vous me le faire croire? Non, John, vous vous contenterez tou-jours de cheminer sagement sur les sentiers bat-tus; de cheminer sagement.»

Sa bouche, petite rose insolente, lui décochait les mots comme des épines. John prit son cha-peau et son manteau sur la chaise et ramassa sa canne.

«Une dernière fois, m'accompagnerez-vous ce soir pour voir ce que vous verrez?

— Voir quoi? Voir qui? Existe-t-il quoi que ce soit dans ce pays qui vaille d'être vu?

— Eh bien», dit-il d'un ton terre à terre, «vous verrez par exemple le prince de Galles.

"What?" She left the chaise-longue at a bound.
"Is he back in New York?"

"He will be to-night. Would you care to see
him?"

"Would I? I've never seen him. I've missed him
everywhere. I'd give a year of my life to see him
for an hour." Her voice trembled with excitement.

"He's been in Canada. He's down here incognito for the big prize-fight this afternoon. And I
happen to know where he's going to be to-night."

Rags gave a sharp ecstatic cry:

"Dominic! Louise! Germaine!"

The three maids came running. The room
filled suddenly with vibrations of wild, startled
light.

"Dominic, the car!" cried Rags in French.
"St. Raphael, my gold dress and the slippers with
the real gold heels. The big pearls too — all the
pearls, and the egg-diamond and the stockings
with the sapphire clocks. Germaine — send for a
beauty-parlor on the run. My bath again — ice
cold and half full of almond cream. Dominic —
Tiffany's, like lightning, before they close. Find
me a brooch, a pendant, a tiara, anything — it
doesn't matter — with the arms of the house of
Windsor."

She was fumbling at the buttons of her dress —
and as John turned quickly to go, it was already
sliding from her shoulders.

"Orchids!" she called after him, "orchids, for
the love of heaven! Four dozen, so I can choose
four."

— Quoi ? » s'exclama-t-elle en quittant d'un bond sa méridienne. « Est-il de retour à New York ?

— Il y sera ce soir. Cela vous amuserait-il de le rencontrer ?

— Quelle question ! Je ne l'ai jamais vu. Je l'ai manqué partout. Pour le voir pendant une heure, je donnerais une année de ma vie. » Sa voix tremblait d'émotion.

« Il était au Canada. Il a fait un saut ici incognito pour le grand match de cet après-midi. Et il se trouve que je sais où il va passer sa soirée. »

Rags poussa un cri perçant et extasié :

« Dominic ! Louise ! Germaine ! »

Les trois femmes de chambre accoururent. La chambre s'emplit soudain des vibrations d'une folle lumière.

« Dominic, la voiture ! » cria Rags en français. « St. Raphael, ma robe en lamé et les chaussures à talons d'or. Les grosses perles aussi, toutes les perles, et le diamant-poire, et les bas à baguettes de saphirs. Germaine, faites venir un institut de beauté. Mon bain encore, glacé, moitié lait d'amandes. Dominic, chez Tiffany, vite, avant la fermeture. Trouve-moi une broche, un pendentif, une tiare, n'importe quoi, peu importe, avec les armes des Windsor. »

Elle tirait sur les boutons de sa robe, et au moment où John tournait en hâte les talons, le corsage glissait déjà de ses épaules.

« Des orchidées ! lui cria-t-elle, des orchidées, au nom du ciel ! Quatre douzaines, pour que je puisse en choisir quatre. »

And then maids flew here and there about the room like frightened birds. "Perfume, St. Raphael, open the perfume trunk, and my rose-colored sables, and my diamond garters, and the sweet-oil for my hands! Here, take these things! This too — and this — ouch! — and this!"

With becoming modesty John Chestnut closed the outside door. The six trustees in various postures of fatigue, of ennui, of resignation, of despair, were still cluttering up the outer hall.

"Gentlemen," announced John Chestnut, "I fear that Miss Martin-Jones is much too weary from her trip to talk to you this afternoon."

## III

"This place, for no particular reason, is called the *Hole in the Sky.*"

Rags looked around her. They were on a roof-garden wide open to the April night. Overhead the true stars winked cold, and there was a lunar sliver of ice in the dark west. But where they stood it was warm as June, and the couples dining or dancing on the opaque glass floor were unconcerned with the forbidding sky.

"What makes it so warm?" she whispered as they moved toward a table.

Les femmes voletaient en tout sens à travers la chambre comme des oiseaux affolés. « Du parfum, St. Raphael, ouvre la malle à parfums, et ma zibeline rose, et mes jarretières de diamants, et l'huile parfumée pour mes mains ! Tenez, prenez tout ça ! Ceci aussi… et ceci… aïe ! et ceci… »

Sauvegardant sa pudeur, John Chestnut referma la porte extérieure. Les six administrateurs, dans des postures diverses de fatigue, d'ennui, de résignation ou de désespoir, étaient toujours alignés le long du mur de l'antichambre.

« Messieurs, annonça John Chestnut, je crains que la traversée n'ait trop fatigué mademoiselle Martin-Jones pour qu'elle puisse vous recevoir cet après-midi. »

## III

« Cet endroit se nomme, sans motif particulier, *Le Trou dans le Ciel.* »

Rags regarda autour d'elle. Ils se trouvaient sur une terrasse, largement ouverte à la nuit d'avril. Au-dessus de leurs têtes, les étoiles scintillaient de leur éclat froid, et l'on distinguait à l'ouest un mince éclat de lune glacée. Mais là où ils étaient, il faisait doux comme en juin, et les couples qui dînaient ou dansaient sur le sol de verre opaque ne se souciaient pas des menaces du ciel.

« Comment peut-il faire si bon ? » murmurat-elle pendant qu'on les guidait vers une table.

"It's some new invention that keeps the warm air from rising. I don't know the principle of the thing, but I know that they can keep it open like this even in the middle of winter —"

"Where's the Prince of Wales?" she demanded tensely.

John looked around.

"He hasn't arrived yet. He won't be here for about half and hour."

She sighed profoundly.

"It's the first time I've been excited in four years."

Four years — one year less than he had loved her. He wondered if when she was sixteen, a wild lovely child, sitting up all night in restaurants with officers who were to leave for Brest next day, losing the glamour of life too soon in the old, sad, poignant days of the war, she had ever been so lovely as under these amber lights and this dark sky. From her excited eyes to her tiny slipper heels, which were striped with layers of real silver and gold, she was like one of those amazing ships that are carved complete in a bottle. She was finished with that delicacy, with that care; as though the long lifetime of some worker in fragility had been used to make her so. John Chestnut wanted to take her up in his hands, turn her this way and that, examine the tip of a slipper or the tip of an ear or squint closely at the fairy stuff from which her lashes were made.

« C'est une nouvelle invention qui empêche la montée de l'air. Je ne connais pas le procédé, mais je sais qu'il permet de rester ainsi à ciel ouvert en plein cœur de l'hiver…

— Où est le prince de Galles ? » demanda-t-elle d'une voix tendue.

John jeta un regard circulaire.

« Il n'est pas encore arrivé. Il ne sera pas là avant une petite demi-heure. »

Elle poussa un profond soupir ;

« C'est la première fois depuis quatre ans que je me sens impatiente. »

Quatre ans… Il l'aimait depuis une année de plus. Lorsqu'elle avait seize ans, se demanda-t-il, enfant ravissante et folle qui passait toute la nuit à veiller dans les restaurants avec des officiers en partance pour Brest le lendemain, perdant trop tôt les charmes de l'existence dans la poignante tristesse des temps de guerre, avait-elle jamais été aussi belle que sous ces lumières ambrées et ce ciel obscur ? De ses yeux animés aux talons menus de ses escarpins, rayés de bandes d'argent et d'or véritable, elle ressemblait à ces navires étonnants reconstitués au complet à l'intérieur d'une bouteille. Elle avait la même délicatesse, le même souci du fini, comme si quelque artisan en bibelots fragiles avait consacré sa vie à la créer ainsi. John Chestnut avait envie de la prendre entre ses mains, de la tourner de côté et d'autre, pour examiner la pointe d'une chaussure, le lobe d'une oreille ou la matière féerique dont ses cils étaient faits.

"Who's that?" She pointed suddenly to a hand-some Latin at a table over the way.

"That's Roderigo Minerlino, the movie and face-cream star. Perhaps he'll dance after a while."

Rags became suddenly aware of the sound of violins and drums, but the music seemed to come from far away, seemed to float over the crisp night and on to the floor with the added remoteness of a dream.

"The orchestra's on another roof," explained John. "It's a new idea — Look, the entertainment's beginning."

A negro girl, thin as a reed, emerged suddenly from a masked entrance into a circle of harsh barbaric light, startled the music to a wild minor, and commenced to sing a rhythmic, tragic song. The pipe of her body broke abruptly and she began a slow incessant step, without progress and without hope, like the failure of a savage insufficient dream. She had lost Papa Jack, she cried over and over with a hysterical monotony at once despairing and unreconciled. One by one the loud horns tried to force her from the steady beat of madness but she listened only to the mutter of the drums which were isolating her in some lost place in time, among many thousand forgotten years. After the failure of the piccolo, she made herself again into a thin brown line, wailed once with sharp and terrible intensity, then vanished into sudden darkness.

«Qui est-ce, là-bas?» demanda-t-elle en montrant un séduisant Latin qui occupait une table de l'autre côté de la terrasse.

«C'est Roderigo Minerlino, la vedette de cinéma et de la crème à raser. Peut-être va-t-il danser dans un moment.»

Rags prit soudain conscience d'un son de violons et de percussions, mais la musique semblait provenir de loin, tomber à travers la nuit cristalline, insaisissable comme un rêve.

«L'orchestre est sur un autre toit, expliqua John. C'est une idée neuve… Regardez, le spectacle commence.»

Une fille noire, mince comme un roseau, émergea soudain d'une entrée invisible, pénétra dans le faisceau d'une lumière violente, barbare, imprima à la musique un ton librement mineur, et commença à chanter une ballade rythmée et tragique. La tige de son corps pliant soudain, elle amorça un pas continuel qui n'avançait pas et n'attendait rien, pareil à l'échec d'un rêve sauvage et frustrant. Elle avait perdu Papa Jack, se lamentait-elle indéfiniment, avec une monotonie hystérique, désespérée, mais non résignée. Un à un, les cornets essayaient bruyamment de l'arracher au sourd battement de la démence, mais elle n'écoutait que le grondement de la batterie, qui l'isolait en un lieu perdu du temps, quelque part entre des milliers d'années oubliées. Après la démission du piccolo, elle redevint une étroite ligne brune, lança une plainte unique d'une intensité aiguë et terrible, puis disparut dans les ténèbres.

"If you lived in New York you wouldn't need to be told who she is," said John when the amber light flashed on. "The next fella is Sheik B. Smith, a comedian of the fatuous, garrulous sort —"

He broke off. Just as the lights went down for the second number Rags had given a long sigh, and leaned forward tensely in her chair. Her eyes were rigid like the eyes of a pointer dog, and John saw that they were fixed on a party that had come through a side entrance, and were arranging themselves around a table in the half-darkness.

The table was shielded with palms, and Rags at first made out only three dim forms. Then she distinguished a fourth who seemed to be placed well behind the other three — a pale oval of a face topped with a glimmer of dark-yellow hair.

"Hello!" ejaculated John. "There's His Majesty now."

Her breath seemed to die murmurously in her throat. She was dimly aware that the comedian was now standing in a glow of white light on the dancing floor, that he had been talking for some moments, and that there was a constant ripple of laughter in the air. But her eyes remained motionless, enchanted. She saw one of the party bend and whisper to another, and after the low glitter of a match the bright button of a cigarette end gleamed in the background. How long it was before she moved she did not know.

« Si vous viviez à New York, on n'aurait pas besoin de vous dire qui c'est, murmura John quand les lumières d'ambre revinrent. Le type d'après sera Sheik B. Smith, un fantaisiste du genre hâbleur et disert... »

Il s'interrompit. Au moment précis où l'on baissait à nouveau les lumières pour le second numéro, Rags avait exhalé un long soupir, et s'était avidement penchée en avant sur son fauteuil. Elle avait les yeux fixes comme ceux d'un chien d'arrêt, et John vit que son regard était posé sur un groupe entré par le côté, et qui prenait place autour d'une table dans la pénombre.

Sous le palmier qui abritait cette table, Rags n'aperçut d'abord que trois silhouettes imprécises. Puis elle en distingua une quatrième, placée en retrait derrière les trois autres... le pâle ovale d'un visage couronné d'une lueur de cheveux blonds...

« Tiens ! s'exclama John. Voilà Sa Majesté. »

Rags crut sentir son souffle s'éteindre dans sa gorge. Elle prit vaguement conscience de la présence du fantaisiste dans un halo de lumière éclatante au milieu de la piste de danse, du fait qu'il parlait depuis quelques instants et soulevait des vagues de rires. Mais ses yeux restèrent fixes, enchantés. Elle vit l'un des membres du groupe se pencher pour murmurer à l'oreille d'un autre, et après la lueur d'une allumette, l'incandescence d'une cigarette brilla à l'arrière-plan. Elle ne sut pas combien de temps s'était écoulé sans qu'elle bouge.

Then something seemed to happen to her eyes, something white, something terribly urgent, and she wrenched about sharply to find herself full in the center of a baby spot-light from above. She became aware that words were being said to her from somewhere, and that a quick trail of laughter was circling the roof, but the light blinded her, and instinctively she made a half-movement from her chair.

"Sit still!" John was whispering across the table. "He picks somebody out for this every night."

Then she realized — it was the comedian, Sheik B. Smith. He was talking to her, arguing with her — about something that seemed incredibly funny to every one else, but came to her ears only as a blur of muddled sound. Instinctively she had composed her face at the first shock of the light and now she smiled. It was a gesture of rare self-possession. Into this smile she insinuated a vast impersonality, as if she were unconscious of the light, unconscious of his attempt to play upon her loveliness — but amused at an infinitely removed HIM, whose darts might have been thrown just as successfully at the moon. She was no longer a "lady" — a lady would have been harsh of pitiful or absurd; Rags stripped her attitude to a sheer consciousness of her own impervious beauty, sat there glittering until the comedian began to feel alone as he had never felt alone before. At a signal from him the spot-light was switched suddenly out. The moment was over.

Puis une agression lui surprit les yeux, quelque chose de blanc et de terriblement insistant, elle fit un mouvement vif, et s'aperçut qu'elle occupait le centre d'un petit projecteur braqué d'en haut. Elle entendit des paroles s'adresser à elle de quelque part et une traînée de rires parcourir l'assistance, mais la lumière l'éblouissait et elle esquissa d'instinct le geste de se lever.

« Restez assise ! » murmura John de l'autre côté de la table. « Il choisit ainsi quelqu'un tous les soirs. »

Elle comprit alors : c'était le fantaisiste, Sheik B. Smith. Il lui parlait, il discutait avec elle, sur un sujet qui paraissait irrésistible à tout le monde, mais où elle ne percevait qu'une masse de sons désarticulés. Dès le premier choc de la lumière, elle avait composé instinctivement son visage, et souriait maintenant. Elle fit preuve en cela d'une rare maîtrise de soi. Elle sut mettre dans ce sourire une immense absence, comme si elle demeurait inconsciente du projecteur, inconsciente de cette tentative de se jouer de sa beauté, mais s'amusait d'un PERSONNAGE si éloigné d'elle qu'il aurait pu tout aussi bien décocher ses flèches contre la lune. Elle avait cessé d'être une « dame » : une dame aurait réagi de façon déplaisante, pitoyable ou ridicule. Rags réduisit son attitude à la pure conscience de sa beauté imperméable, et demeura là, éclatante, jusqu'à ce que le fantaisiste commence à se sentir plus seul que jamais auparavant. Sur un signal de lui, le projecteur s'éteignit subitement. Ce moment était passé.

The moment was over, the comedian left the floor, and the far-away music began. John leaned toward her.

"I'm sorry. There really wasn't anything to do. You were wonderful."

She dismissed the incident with a casual laugh — then she started, there were now only two men sitting at the table across the floor.

"He's gone!" she exclaimed in quick distress.

"Don't worry — he'll be back. He's got to be awfully careful, you see, so he's probably waiting outside with one of his aides until it gets dark again."

"Why has he got to be careful?"

"Because he's not supposed to be in New York. He's even under one of his second-string names."

The lights dimmed again, and almost immediately a tall man appeared out of the darkness and approached their table.

"May I introduce myself?" he said rapidly to John in a supercilious British voice. "Lord Charles Este, of Baron Marchbanks' party." He glanced at John closely as if to be sure that he appreciated the significance of the name.

John nodded.

"That is between ourselves, you understand."

"Of course."

Rags groped on the table for her untouched champagne, and tipped the glassful down her throat.

"Baron Marchbanks requests that your companion will join his party during this number."

Le moment était passé, le fantaisiste quitta la piste, et la musique distante reprit. John se pencha vers elle.

«Je suis désolé. Il n'y avait réellement rien à faire. Vous avez été merveilleuse.»

Elle écarta l'incident d'un rire dégagé... puis elle sursauta, car elle ne vit plus que deux hommes assis sous le palmier.

«Il est parti!» s'exclama-t-elle dans sa brusque détresse.

«Ne vous inquiétez pas, il va revenir. Il est obligé de faire terriblement attention, comprenez-vous, aussi attend-il sans doute au-dehors, avec l'un de ses aides de camp, que l'obscurité revienne.

— Pourquoi doit-il faire attention?

— Parce qu'il n'est pas censé se trouver à New York. Il est même ici sous l'un de ses noms de rechange.»

Les lumières baissèrent à nouveau, et, presque aussitôt, un homme de haute taille sortit de l'ombre et s'approcha de leur table.

«Puis-je me présenter?» dit-il rapidement à John d'une voix hautement britannique. «Lord Charles Este, compagnon du baron Marchbanks.» Il regarda John attentivement, comme pour s'assurer qu'il saisissait tout le poids de ce nom.

John inclina la tête.

«Cela doit rester entre nous, n'est-ce pas.

— Naturellement.»

Rags avança la main à l'aveuglette vers sa coupe de champagne intacte, et la vida d'un coup.

«Le baron Marchbanks souhaiterait la compagnie de Madame à sa table pendant ce numéro.»

Both men looked at Rags. There was a moment's pause.

"Very well," she said, and glanced back again interrogatively at John. Again he nodded. She rose and with her heart beating wildly threaded the tables, making the half-circuit of the room; then melted, a slim figure in shimmering gold, into the table set in half-darkness.

## IV

The number drew to a close, and John Chestnut sat alone at his table, stirring auxiliary bubbles in his glass of champagne. Just before the lights went on, there was a soft rasp of gold cloth, and Rags, flushed and breathing quickly, sank into her chair. Her eyes were shining with tears.

John looked at her moodily.

"Well, what did he say?"

"He was very quiet."

"Didn't he say a word?"

Her hand trembled as she took up her glass of champagne.

"He just looked at me while it was dark. And he said a few conventional things. He was like his pictures, only he looks very bored and tired. He didn't even ask my name."

"Is he leaving New York to-night?"

Les deux hommes regardèrent Rags. Il y eut
une brève pause.

« Très bien », dit-elle, en interrogeant à nouveau
John du regard. Il inclina la tête une seconde fois.
Elle se leva, le cœur battant follement, et se fau-
fila à travers la moitié de la salle ; puis elle se fon-
dit, mince forme dorée, dans la pénombre de la
table sous le palmier.

### IV

Le numéro s'achevait et John Chestnut, assis
tout seul à sa table, chassait de sa coupe de champagne les bulles naissantes. Juste au moment où
la lumière allait revenir, il perçut un froissement
de lamé et Rags, rougissante et haletante, se laissa
tomber dans son fauteuil. Elle avait les yeux scin-
tillants de larmes.

John la regarda d'un air maussade.

« Eh bien, qu'a-t-il dit ?

— Il est resté très silencieux.

— N'a-t-il pas prononcé une parole ? »

Elle souleva sa coupe d'une main tremblante.

« Il n'a fait que me regarder dans l'obscurité. Et
il a dit deux ou trois phrases conventionnelles. Il
ressemble à ses photographies, mais il a l'air très
las et très désabusé. Il ne m'a même pas demandé
mon nom.

— Quitte-t-il New York ce soir ?

"In half an hour. He and his aides have a car outside, and they expect to be over the border before dawn."

"Did you find him — fascinating?"

She hesitated and then slowly nodded her head.

"That's what everybody says," admitted John glumly. "Do they expect you back there?"

"I don't know." She looked uncertainly across the floor but the celebrated personage had again withdrawn from his table to some retreat outside. As she turned back an utterly strange young man who had been standing for a moment in the main entrance came toward them hurriedly. He was a deathly pale person in a dishevelled and inappropriate business suit, and he had laid a trembling hand on John Chestnut's shoulder.

"Monte!" exclaimed John, starting up so suddenly that he upset his champagne. "What is it? What's the matter?"

"They've picked up the trail!" said the young man in a shaken whisper. He looked around. "I've got to speak to you alone."

John Chestnut jumped to his feet, and Rags noticed that his face too had become white as the napkin in his hand. He excused himself and they retreated to an unoccupied table a few feet away. Rags watched them curiously for a moment, then she resumed her scrutiny of the table across the floor. Would she be asked to come back? The prince had simply risen and bowed and gone outside.

— Oui, dans une demi-heure. Ils ont une automobile qui les attend dehors lui et ses aides de camp, et ils comptent avoir passé la frontière avant le lever du jour.

— L'avez-vous trouvé… fascinant? »

Elle hésita avant de hocher la tête lentement.

« Tout le monde le dit, reconnut John d'un ton morose. Vous attend-on de nouveau là-bas ?

— Je ne sais pas. » Elle jeta un regard hésitant de l'autre côté de la terrasse, mais le célèbre personnage avait encore quitté sa table pour gagner un refuge extérieur. Au moment où elle se retournait, un jeune homme très étrange, qui se tenait depuis un moment debout à l'entrée principale, vint vers eux d'un pas précipité. Livide, vêtu d'un costume de ville déplacé et mis de surcroît dans un grand désordre, il posa une main tremblante sur l'épaule de John Chestnut.

« Monte ! » s'exclama John en sursautant si brutalement qu'il renversa son champagne. « Qu'as-tu ? Que se passe-t-il ?

— Ils sont sur ta piste ! » murmura le jeune homme d'une voix altérée, puis il regarda autour de lui. « Il faudrait que je te parle seul à seul. »

John Chestnut se leva d'un bond, et Rags observa qu'il était, lui aussi, devenu blanc comme un linge. Il la pria de l'excuser et ils allèrent s'asseoir à une table libre à quelques mètres de là. Rags les guetta un instant d'un regard curieux, puis elle reprit son examen de la table sous le palmier. Lui demanderait-on d'y retourner ? Le prince s'était simplement levé et incliné devant elle avant de sortir.

Perhaps she should have waited until he returned,
but though she was still tense with excitement she
had, to some extent, become Rags Martin-Jones
again. Her curiosity was satisfied — any new urge
must come from him. She wondered if she had
really felt an intrinsic charm — she wondered
especially if he had in any marked way responded
to her beauty.

The pale person called Monte disappeared and
John returned to the table. Rags was startled to
find that a tremendous change had come over him.
He lurched into his chair like a drunken man.

"John! What's the matter?"

Instead of answering, he reached for the champagne bottle, but his fingers were trembling so
that the splattered wine made a wet yellow ring
around his glass.

"Are you sick?"

"Rags," he said unsteadily, "I'm all through."

"What do you mean?"

"I'm all through, I tell you." He managed a
sickly smile. "There's been a warrant out for me
for over an hour."

"What have you done?" she demanded in a
frightened voice. "What's the warrant for?"

The lights went out for the next number, and
he collapsed suddenly over the table.

"What is it?" she insisted, with rising appre-
hension. She leaned forward — his answer was
barely audible.

Peut-être aurait-elle dû attendre son retour, mais, bien qu'elle fût encore surexcitée, elle était redevenue Rags Martin-Jones dans une certaine mesure. Sa propre curiosité étant satisfaite, c'était maintenant à lui d'insister. Elle se demanda si elle avait réellement perçu chez lui un charme personnel… et surtout s'il avait marqué d'aucune façon qu'il fût sensible à sa beauté.

Le blême personnage répondant au nom de Monte disparut et John revint à leur table. Rags fut alarmée de constater la transformation qui s'était opérée chez lui. Il vacillait sur sa chaise comme un homme ivre.

« John ! Qu'y a-t-il ? »

Au lieu de répondre, il tendit la main vers la bouteille de champagne, mais ses doigts tremblaient si fort que le vin versé à côté forma un cercle humide autour de la coupe.

« Vous sentez-vous mal ?

— Rags », dit-il d'une voix mal assurée, « je suis liquidé.

— Que voulez-vous dire ?

— Je suis liquidé, vous dis-je. » Il s'arracha un sourire misérable. « Un mandat d'arrêt a été délivré il y a plus d'une heure contre moi.

— Qu'avez-vous fait ? » interrogea-t-elle d'une voix craintive. « Pourquoi ce mandat d'arrêt ? »

Les lumières s'éteignirent pour le numéro suivant, et il s'effondra soudain sur la table.

« De quoi est-ce qu'il s'agit ? » insista-t-elle avec une appréhension croissante. Elle se pencha très près : la réponse était presque inaudible.

"Murder?" She could feel her body grow cold as ice.

He nodded. She took hold of both arms and tried to shake him upright, as one shakes a coat into place. His eyes were rolling in his head.

"Is it true? Have they got proof?"

Again he nodded drunkenly.

"Then you've got to get out of the country now! Do you understand, John? You've got to get out NOW, before they come looking for you here!"

He loosed a wild glance of terror toward the entrance.

"Oh, God!" cried Rags, "why don't you do something?" Her eyes strayed here and there in desperation, became suddenly fixed. She drew in her breath sharply, hesitated, and then whispered fiercely into his ear.

"If I arrange it, will you go to Canada tonight?"

"How?"

"I'll arrange it — if you'll pull yourself together a little. This is Rags talking to you, don't you understand, John? I want you to sit here and not move until I come back!"

A minute later she had crossed the room under cover of the darkness.

"Baron Marchbanks," she whispered softly, standing just behind his chair.

He motioned her to sit down.

"Have you room in your car for two more passengers to-night?"

«Un meurtre?» répéta-t-elle en sentant son corps se glacer.

Il fit signe que oui. Elle lui saisit les deux bras et essaya de le secouer pour qu'il se redresse, comme on secoue un manteau. Elle vit ses yeux chavirer.

«Est-ce vrai? Ont-ils des preuves?»

Il hocha de nouveau la tête comme un ivrogne.

«Dans ce cas, il faut quitter ce pays tout de suite! Comprenez-vous, John? Il faut en sortir MAINTE-NANT, avant qu'on vienne vous chercher ici!»

Il jeta un regard de terreur en direction de l'entrée.

«Oh, mon Dieu! s'écria Rags. Pourquoi ne faites-vous rien?» Dans son désespoir, elle laissa ses yeux se poser de côté et d'autre, et soudain son regard se fixa. Elle prit son souffle, hésita, puis se courba pour murmurer frénétiquement à l'oreille de John :

«Si j'arrange tout, partirez-vous ce soir pour le Canada?

— Mais, comment?

— Je peux l'arranger, si vous vous ressaisissez un peu. C'est Rags qui vous parle, John, ne com-prenez-vous pas? Je vous demande de rester assis ici sans bouger jusqu'à mon retour!»

Une minute plus tard, elle avait retraversé la salle sous le couvert de l'obscurité.

«Baron Marchbanks», murmura-t-elle douce-ment, debout juste derrière son fauteuil.

Il lui fit signe de s'asseoir.

«Avez-vous de la place dans votre automobile pour deux passagers de plus ce soir?»

One of the aides turned around abruptly.

"His Lordship's car is full," he said shortly.

"It's terribly urgent." Her voice was trembling.

"Well," said the prince hesitantly, "I don't know."

Lord Charles Este looked at the prince and shook his head.

"I don't think it's advisable. This is a ticklish business anyhow with contrary orders from home. You know we agreed there'd be no complications."

The prince frowned.

"This isn't a complication," he objected.

Este turned frankly to Rags.

"Why is it urgent?"

Rags hesitated.

"Why" — she flushed suddenly — "it's a runaway marriage."

The prince laughed.

"Good!" he exclaimed. "That settles it. Este is just being official. Bring him over right away. We're leaving shortly, what?"

Este looked at his watch.

"Right now!"

Rags rushed away. She wanted to move the whole party from the roof while the lights were still down.

"Hurry!" she cried in John's ear. "We're going over the border — with the Prince of Wales. You'll be safe by morning."

He looked up at her with dazed eyes.

L'un des aides de camp se retourna brusquement.

« La voiture de Sa Seigneurie est pleine, coupat-il.

— C'est un cas terriblement urgent », plaidat-elle d'une voix tremblante.

« Eh bien…, hésita le prince, je ne sais pas. »

Lord Charles Este regarda le prince et secoua la tête.

« Ce n'est pas recommandé, je crois. C'est regrettablement contraire aux ordres formels que nous avons. Vous le savez, nous avons promis qu'il n'y aurait pas de complications. »

Le prince grimaça.

« Ce n'est pas une complication », objecta-t-il.

Este se tourna franchement vers Rags.

« En quoi est-ce urgent ? »

Rags hésita.

« Voilà », dit-elle en rougissant soudain, « il s'agit d'un mariage secret. »

Le prince se mit à rire.

« Bravo ! s'exclama-t-il, tout est réglé. Este faisait du zèle. Amenez-le-nous tout de suite. Nous partons sous peu, n'est-ce pas ? »

Este consulta sa montre.

« Immédiatement ! »

Rags s'en fut en courant. Elle voulait que chacun eût quitté la terrasse quand la lumière reviendrait.

« Dépêchez-vous ! » cria-t-elle à l'oreille de John. « Nous passons la frontière, avec le prince de Galles. Vous serez en sécurité demain matin. »

Il posa sur elle un regard égaré.

She hurriedly paid the check, and seizing his arm piloted him as inconspicuously as possible to the other table, where she introduced him with a word. The prince acknowledged his presence by shaking hands — the aides nodded, only faintly concealing their displeasure.

"We'd better start," said Este, looking impatiently at his watch.

They were on their feet when suddenly an exclamation broke from all of them — two policemen and a red-haired man in plain clothes had come in at the main door.

"Out we go," breathed Este, impelling the party toward the side entrance. "There's going to be some kind of riot here." He swore — two more blue-coats barred the exit there. They paused uncertainly. The plain-clothes man was beginning a careful inspection of the people at the tables.

Este looked sharply at Rags and then at John, who shrank back behind the palms.

"Is that one of your revenue fellas out there?" demanded Este.

"No," whispered Rags. "There's going to be trouble. Can't we get out this entrance?"

The prince with rising impatience sat down again in his chair.

"Let me know when you chaps are ready to go." He smiled at Rags. "Now just suppose we all get in trouble just for that jolly face of yours."

Elle paya promptement l'addition, et, s'emparant de son bras, le pilota aussi discrètement que possible jusqu'à l'autre table, où elle le présenta d'un mot. Le prince le reçut en lui serrant la main ; les aides de camp inclinèrent la tête, ne dissimulant qu'à peine leur contrariété.

« Nous ferions bien de nous mettre en route », dit Este en regardant impatiemment sa montre.

Ils venaient de se lever lorsqu'une exclamation leur échappa à tous : deux policiers et un homme en civil aux cheveux roux étaient apparus à l'entrée.

« Partons », souffla Este en entraînant ses compagnons vers l'issue latérale. « Il va y avoir du grabuge ici. » Il jura en découvrant que la petite porte était elle aussi gardée par deux uniformes. Dans l'incertitude, le groupe s'arrêta. L'homme en civil entreprenait une inspection attentive des occupants des tables.

Este jeta un regard aigu à Rags puis à John, qui se faisait tout petit derrière les palmiers.

« Est-ce un de vos types du fisc ? demanda-t-il.

— Non, murmura Rags. Je crains des difficultés. Ne pourrions-nous pas passer par cette petite porte ? »

Le prince, en proie à une impatience croissante, se rassit.

« Prévenez-moi, messieurs, quand vous serez prêts à partir. » Il sourit à Rags. « Et si nous avions tous des ennuis rien que pour votre jolie petite frimousse ? »

Then suddenly the lights went up. The plain-clothes man whirled around quickly and sprang to the middle of the cabaret floor.

"Nobody try to leave this room!" he shouted. "Sit down, that party behind the palms! Is John M. Chestnut in this room?"

Rags gave a short involuntary cry.

"Here!" cried the detective to the policeman behind him. "Take a look at that funny bunch across over there. Hands up, you men!"

"My God!" whispered Este, "we've got to get out of here!" He turned to the prince. "This won't do, Ted. You can't be seen here. I'll stall them off while you get down to the car."

He took a step toward the side entrance.

"Hands up, there!" shouted the plain-clothes man. "And when I say hands up I mean it! Which one of you's Chestnut?"

"You're mad!" cried Este. "We're British subjects. We're not involved in this affair in any way!"

A woman screamed somewhere, and there was a general movement toward the elevator, a movement which stopped short before the muzzles of two automatic pistols. A girl next to Rags collapsed in a dead faint to the floor, and at the same moment the music on the other roof began to play.

"Stop that music!" bellowed the plain-clothes man. "And get some earrings on that whole bunch — quick!"

La lumière revint brutalement. L'homme en civil pivota sur place, puis il s'élança vers le centre de la piste.

« Que personne n'essaie de quitter la salle ! cria-t-il. Asseyez-vous, les gens derrière les palmiers ! M. John M. Chestnut est-il ici ? »

Rags poussa un cri bref et involontaire.

« Tenez ! » cria l'inspecteur au policier qui le suivait. « Allez donc jeter un coup d'œil à cette curieuse bande, là-bas ! Haut les mains, messieurs ! »

« Seigneur ! murmura Este, il faut sortir d'ici… » Il se tourna vers le prince. « Ce n'est pas possible, Ted. Vous ne pouvez pas être vu ici. Je vais les occuper pendant que vous descendrez à la voiture. »

Il fit un pas vers l'issue latérale.

« Les mains en l'air, vous ! cria l'homme en civil. Et quand je dis les mains en l'air, il faut me croire ! Lequel d'entre vous est Chestnut ?

— Vous êtes fou ! cria Este. Nous sommes des sujets britanniques. Nous n'avons rien à faire dans cette histoire. »

Une femme hurla quelque part, et il y eut une poussée collective du côté de l'ascenseur, mouvement qui stoppa net devant les canons braqués de deux revolvers. Une jeune fille près de Rags glissa au sol évanouie, et, au même instant, l'orchestre recommença à jouer sur la terrasse voisine.

« Arrêtez cette musique ! tonna l'homme en civil. Et passez-moi les menottes à toute cette bande, vite ! »

Two policemen advanced toward the party, and simultaneously Este and the other aides drew their revolvers, and, shielding the prince as they best could, began to edge toward the side. A shot rang out and then another, followed by a crash of silver and china as half a dozen diners overturned their tables and dropped quickly behind.

The panic became general. There were three shots in quick succession, and then a fusillade. Rags saw Este firing coolly at the eight amber lights above, and a thick fume of gray smoke began to fill the air. As a strange undertone to the shouting and screaming came the incessant clamor of the distant jazz band.

Then in a moment it was all over. A shrill whistle rang out over the roof, and through the smoke Rags saw John Chestnut advancing toward the plain-clothes man, his hands held out in a gesture of surrender. There was a last nervous cry, a chill clatter as some one inadvertently stepped into a pile of dishes, and then a heavy silence fell on the roof — even the band seemed to have died away.

"It's all over!" John Chestnut's voice rang out wildly on the night air. "The party's over. Everybody who wants to can go home!"

Still there was silence — Rags knew it was the silence of awe — the strain of guilt had driven John Chestnut insane.

Deux agents s'avancèrent vers le groupe; simultanément, Este et les autres aides de camp sortirent leurs revolvers et, protégeant le prince de leur mieux, amorcèrent une retraite vers le côté. Un coup de feu claqua, puis un autre, suivi d'un vacarme de porcelaine brisée quand des dîneurs couchèrent leurs tables pour s'abriter derrière.

La panique devint générale. Trois coups de feu retentirent à la suite, précédant une fusillade en règle. Rags vit Este viser froidement en l'air les huit sources de lumière ambrée, et l'atmosphère commença à s'emplir d'une fumée dense. La clameur obstinée du lointain orchestre continuait à composer un étrange fond sonore au concert de cris et de hurlements.

Puis, d'un instant à l'autre, tout fut fini. Un coup de sifflet perçant résonna sur la terrasse, et Rags vit à travers la fumée John Chestnut s'avancer vers l'homme en civil, les mains levées en un geste de reddition. On entendit un dernier glapissement nerveux, un bruit de vaisselle lorsque quelqu'un mit par inadvertance le pied dans une pile d'assiettes, puis le silence retomba lourdement sur la terrasse; l'orchestre même semblait avoir expiré.

«C'est fini!» lança la voix vibrante de John Chestnut dans l'air nocturne. «La fête est terminée. Tous ceux qui le veulent peuvent rentrer chez eux.»

Le silence demeura, un silence impressionné, se dit Rags: la culpabilité avait fait perdre la tête à John Chestnut.

"It was a great performance," he was shouting. "I want to thank you one and all. If you can find any tables still standing, champagne will be served as long as you care to stay."

It seemed to Rags that the roof and the high stars suddenly began to swim round and round. She saw John take the detective's hand and shake it heartily, and she watched the detective grin and pocket his gun. The music had recommenced, and the girl who had fainted was suddenly dancing with Lord Charles Este in the corner. John was running here and there patting people on the back, and laughing and shaking hands. Then he was coming toward her, fresh and innocent as a child.

"Wasn't it wonderful?" he cried.

Rags felt a faintness stealing over her. She groped backward with her hand toward a chair.

"What was it?" she cried dazedly. "Am I dreaming?"

"Of course not! You're wide awake. I made it up, Rags, don't you see? I made up the whole thing for you. I had it invented! The only thing real about it was my name!"

She collapsed suddenly against his coat, clung to his lapels, and would have wilted to the floor if he had not caught her quickly in his arms.

"Some champagne — quick!" he called, and then he shouted at the Prince of Wales, who stood near by. "Order my car quick, you! Miss Martin-Jones has fainted from excitement."

« Vous avez été magnifiques, criait-il. Je veux vous remercier tous et chacun de vous. Si vous trouvez des tables encore debout, on vous y servira du champagne aussi tard qu'il vous plaira de rester. »

Rags crut que la terrasse et la voûte du ciel chaviraient dans un tourbillon. Elle vit John saisir la main de l'inspecteur et la secouer cordialement, et l'inspecteur souriant empocher son revolver. La musique avait repris, et la jeune personne évanouie dansait dans un coin avec Lord Charles Este. John courait de tous côtés, tapait sur l'épaule des gens, riait et serrait des mains. Puis il revint vers elle, le visage innocent comme un enfant.

« C'était bien, n'est-ce pas ? »

Rags fut prise d'un vertige. Sa main chercha derrière elle l'appui d'un dossier.

« Qu'est-ce qui est arrivé ? » cria-t-elle, abasourdie. « Est-ce que je rêve ?

— Bien sûr que non ! Vous êtes bien éveillée. J'ai tout imaginé, Rags, comprenez-vous ? J'ai fabriqué cet endroit exprès pour vous. Je l'ai fait inventer. Il n'y avait dans tout cela de vrai que mon nom ! »

Elle s'effondra soudain sur son épaule, cramponnée aux revers de sa jaquette, et elle aurait glissé à terre s'il ne l'avait pas aussitôt saisie dans ses bras.

« Du champagne, vite ! » appela-t-il. Puis il cria au prince de Galles, qui se trouvait à proximité : « Dépêchez-vous de demander ma voiture ! L'émotion a terrassé mademoiselle Martin-Jones. »

## V

The skyscraper rose bulkily through thirty tiers of windows before it attenuated itself to a graceful sugar-loaf of shining white. Then it darted up again another hundred feet, thinned to a mere oblong tower in its last fragile aspiration toward the sky. At the highest of its high windows Rags Martin-Jones stood full in the stiff breeze, gazing down at the city.

"Mr. Chestnut wants to know if you'll come right in to his private office."

Obediently her slim feet moved along the carpet into a high, cool chamber overlooking the harbor and the wide sea.

John Chestnut sat at his desk, waiting, and Rags walked to him and put her arms around his shoulder.

"Are you sure YOU'RE real?" she asked anxiously. "Are you absolutely SURE?"

"You only wrote me a week before you came," he protested modestly, "or I could have arranged a revolution."

"Was the whole thing just MINE?" she demanded. "Was it a perfectly useless, gorgeous thing, just for me?"

"Useless?" He considered. "Well, it started out to be. At the last minute I invited a big restaurant man to be there, and while you were at the other table I sold him the whole idea of the night-club."

## V

Le gratte-ciel échafaudait trente étages volumineux avant de se rétrécir en un gracieux morceau de sucre d'un blanc éblouissant. Puis il projetait encore trente mètres plus haut une mince tour oblongue en un dernier élan fragile vers le ciel. À la plus haute de ses hautes fenêtres, Rags Martin-Jones, fouettée par la brise, contemplait la ville.

« Mr Chestnut désire savoir si vous viendrez tout de suite dans son bureau privé. »

Docilement, elle foula le tapis d'un pas léger qui la conduisit dans une pièce fraîche, d'où l'on apercevait tout le port et la mer.

John Chestnut attendait derrière son bureau ; Rags alla droit à lui et mit les bras autour de ses épaules.

« Êtes-vous bien SÛR d'exister ? » demanda-t-elle anxieusement. « En êtes-vous absolument CERTAIN ?

— Vous ne m'avez prévenu de votre arrivée qu'une semaine à l'avance », protesta-t-il modestement. « Sinon, j'aurais pu arranger une révolution.

— Était-ce pour MOI, tout cela, vraiment ? interrogea-t-elle. Cette chose parfaitement inutile et merveilleuse, ce n'était que pour moi ?

— Inutile ? répéta-t-il. Oui, au départ. Mais, au dernier moment, j'ai invité un grand propriétaire de boîtes à y assister, et pendant que vous étiez à l'autre table, je lui ai vendu l'idée du *Trou dans le Ciel*... »

He looked at his watch.

"I've got one more thing to do — and then we've got just time to be married before lunch." He picked up his telephone. "Jackson? — Send a triplicated cable to Paris, Berlin, and Budapest and have those two bogus dukes who tossed up for Schwartzberg-Rhineminster chased over the Polish border. If the Dutchy won't act, lower the rate of exchange to point triple zero naught two. Also, that idiot Blutchdak is in the Balkans again, trying to start a new war. Put him on the first boat for New York or else throw him in a Greek jail."

He rang off, turned to the startled cosmopolite with a laugh.

"The next stop is the City Hall. Then, if you like, we'll run over to Paris."

"John," she asked him intently, "who was the Prince of Wales?"

He waited till they were in the elevator, dropping twenty floors at a swoop. Then he leaned forward and tapped the lift-boy on the shoulder.

"Not so fast, Cedric. This lady isn't used to falls from high places."

The elevator-boy turned around, smiled. His face was pale, oval, framed in yellow hair. Rags blushed like fire.

"Cedric's from Wessex," explained John. "The resemblance is, to say the least, amazing.

Il regarda sa montre.

«Il me reste une chose à faire, et nous aurons ensuite juste le temps de nous marier avant le déjeuner.» Il décrocha son téléphone. «Jackson?… Expédiez un câble à Paris, Berlin et Budapest et faites-moi renvoyer de l'autre côté de la frontière polonaise ces deux ducs d'opérette qui jouaient le Schwartzberg-Rhineminster à pile ou face. Si les Hollandais hésitent à intervenir, abaissez le change au point triple zéro moins deux. D'autre part, ce crétin de Blutchdak fait de nouveau des siennes dans les Balkans pour déclencher une nouvelle guerre. Embarquez-le à bord du premier bateau pour New York ou alors fourrez-le dans une prison grecque.»

Il raccrocha et se tourna en riant vers la jeune cosmopolite en proie à un certain saisissement.

«Et maintenant, l'Hôtel de Ville. Après quoi, si vous voulez, nous ferons un saut à Paris.

— John», demanda-t-elle, cédant à la curiosité, «qui était le prince de Galles?»

Il attendit d'être dans l'ascenseur, qui avalait vingt étages en un éclair. Là, il se pencha pour taper sur l'épaule du liftier.

«Pas si vite, Cédric. Cette dame n'a pas l'habitude de tomber de si haut.»

Le liftier se retourna et sourit. Il avait un visage ovale, pâle et couronné de cheveux blonds. Rags s'empourpra.

«Cédric est originaire du Wessex, expliqua John. La ressemblance est pour le moins étonnante.

Princes are not particularly discreet, and I suspect
Cedric of being a Guelph in some left-handed
way."

Rags took the monocle from around her neck
and threw the ribbon over Cedric's head.

"Thank you," she said simply, "for the second
greatest thrill of my life."

John Chestnut began rubbing his hands together
in a commercial gesture.

"Patronize this place, lady," he besought her.
"Best bazaar in the city!"

"What have you got for sale?"

"Well, m'selle, to-day we have some perfectly
bee-OO-tiful love."

"Wrap it up, Mr. Merchant," cried Rags Martin-Jones. "It looks like a bargain to me."

*McCall's*
July 1924

Les princes ne sont pas toujours très sages, et je soupçonne fortement Cédric d'être un Windsor de la main gauche… »

Rags ôta le monocle de son cou et fit glisser le ruban par-dessus la tête de Cédric.

« Merci, dit-elle simplement, pour la seconde plus vive émotion de ma vie. »

John Chestnut se mit à se frotter les mains d'un geste commerçant.

« Donnez-nous votre clientèle, madame, entonna-t-il, le meilleur bazar de la ville !

— Qu'avez-vous à vendre ?

— Ah ! mademoiselle, nous offrons aujourd'hui le plus mê-ê-ê-ê-erveilleux amour.

— Emballez-le-moi, monsieur le Marchand, s'écria Rags Martin-Jones. Je sens que c'est une bonne affaire. »

*McCall's*
Juillet 1924

Henry Miller

# The Fourteenth Ward

# Le 14e District

*Traduit de l'américain
par Henri Fluchère*

> What is not in the open street is false,
> derived, that is to say, *literature*.

I am a patriot — of the Fourteenth Ward, Brooklyn, where I was raised. The rest of the United States doesn't exist for me, except as idea, or history, or literature. At ten years of age I was uprooted from my native soil and removed to a cemetery, a *Lutheran* cemetery, where the tombstones were always in order and the wreaths never faded.

But I was born in the street and raised in the street. "The post-mechanical open street where the most beautiful and hallucinating iron vegetation," etc. — Born under the sign of Aries which gives a fiery, active, energetic and somewhat restless body. *With Mars in the ninth house!*

To be born in the street means to wander all your life, to be free. It means accident and incident, drama, movement. It means above all dream. A harmony of irrelevant facts which gives to your wandering a metaphysical certitude.

*Ce qui ne se passe pas en pleine rue est faux,
dérivé, c'est-à-dire* littérature.

Je suis un patriote — du 14ᵉ District, Brooklyn,
où je fus élevé. Le reste des États-Unis n'existe pas
pour moi, sauf en tant qu'idée, histoire, ou littérature. À l'âge de dix ans, je fus arraché de mon
sol natal, et transporté dans un cimetière, un
cimetière *luthérien*, où les tombes étaient toujours
propres et les couronnes jamais fanées.

Mais je naquis dans la rue, et fus élevé dans la
rue. «La pleine rue d'après l'ère des machines,
où la plus merveilleuse et hallucinante végétation
de fer, etc. » Né sous le signe du Bélier, qui donne
un corps ardent, actif, énergique et quelque peu
agité. *Mars étant dans la neuvième maison !*

Naître dans la rue signifie vagabonder toute sa
vie, être libre. Signifie accident et incident, drame
et mouvement. Signifie par-dessus tout rêve. Har-
monie de choses disparates, qui donne au vaga-
bondage une assurance métaphysique.

In the street you learn what human beings really are; otherwise, or afterwards, you invent them. What is not in the open street is false, derived, that is to say, *literature*. Nothing of what is called "adventure" ever approaches the flavor of the street. It doesn't matter whether you fly to the Pole, whether you sit on the floor of the ocean with a pad in your hand, whether you pull up nine cities one after the other, or whether, like Kurtz, you sail up the river and go mad. No matter how exciting, how intolerable the situation, there are always exits, always ameliorations, comforts, compensations, newspapers, religions. But once there was none of this. Once you were free, wild, murderous...

The boys you worshiped when you first came down into the street remain with you all your life. They are the only real heroes. Napoleon, Lenin, Capone — all fiction. Napoleon is nothing to me in comparison with Eddie Carney, who gave me my first black eye. No man I have ever met seems as princely, as regal, as noble, as Lester Reardon who, by the mere act of walking down the street, inspired fear and admiration. Jules Verne never led me to the places that Stanley Borowski had up his sleeve when it came dark. Robinson Crusoe lacked imagination in comparison with Johnny Paul. All these boys of the Fourteenth Ward have a flavor about them still. They were not invented or imagined : they were real.

Dans la rue, on apprend ce que sont réellement les êtres humains; autrement, ou après, on les invente. Ce qui ne se passe pas en pleine rue est faux, dérivé, c'est-à-dire *littérature*. Rien de ce qu'on appelle «aventure» n'approche jamais de la saveur de la rue. Peu importe que l'on s'envole vers le Pôle, que l'on s'installe au fond de l'océan, une rame de papier à la main, que l'on vadrouille dans neuf villes l'une après l'autre, ou que, tout comme Kurtz, on remonte un fleuve pour trouver la folie au bout. Si passionnante, si intolérable que soit la situation, il y a toujours une issue, toujours une amélioration, un réconfort, une compensation, des journaux, des religions. Mais autrefois, il n'y avait rien de tout cela. Autrefois, on était libre, déchaîné, sanguinaire…

Les gamins adorés dès le premier contact avec la rue demeurent avec vous toute votre vie. Ils sont les seuls vrais héros. Napoléon, Lénine, Capone — fiction que tout cela. Napoléon ne m'est rien comparé à Eddie Carney, qui, le premier, me pocha l'œil. Je n'ai jamais rencontré personne d'aussi princier, d'aussi royal, d'aussi noble, que Lester Readon, lequel, rien qu'en descendant la rue, inspirait terreur et admiration. Jules Verne ne m'a jamais conduit à ces endroits que Stanley Borowski tenait sous sa cape dès la nuit tombée. Robinson Crusoé manquait d'imagination comparé à Johnny Paul. Tous ces gamins du 14ᵉ District ont encore pour moi leur saveur. Ils n'étaient pas inventés, ni imaginés : ils étaient réels.

Their names ring out like gold coins — Tom Fowler, Jim Buckley, Matt Owen, Rob Ramsay, Harry Martin, Johnny Dunne, to say nothing of Eddie Carney or the great Lester Reardon. Why, even now when I say Johnny Paul the names of the saints leave a bad taste in my mouth. Johnny Paul was the living Odyssey of the Fourteenth Ward; that he later became a truck driver is an irrelevant fact.

Before the great change no one seemed to notice that the streets were ugly or dirty. If the sewer mains were opened you held your nose. If you blew your nose you found snot in your handkerchief and not your nose. There was more of inward peace and contentment. There was the saloon, the race track, bicycles, fast women and trot horses. Life was still moving along leisurely. In the Fourteenth Ward, at least. Sunday mornings no one was dressed. If Mrs. Gorman came down in her wrapper with dirt in her eyes to bow to the priest — "Good morning, Father!" "Good morning, Mrs. Gorman!" — the street was purged of all sin. Pat McCarren carried his handkerchief in the tailflap of his frock coat; it was nice and handy there, like the shamrock in his buttonhole. The foam was on the lager and people stopped to chat with one another.

In my dreams I come back to the Fourteenth Ward as a paranoiac returns to his obsessions.

Leurs noms sonnent comme des pièces d'or
— Tom Fowler, Jim Buckley, Matt Owen, Rob
Ramsay, Harry Martin, Johnny Dunne, sans compter Eddie Carney ou le grand Lester Readon. Eh
bien, oui ! même maintenant, quand je dis Johnny
Paul, les noms des saints me laissent un goût fade
à la bouche. Johnny Paul était l'Odyssée vivante
du 14ᵉ District — qu'il soit devenu plus tard chauffeur de camion est tout à fait hors du sujet.

Avec le grand changement, personne n'avait
l'air de remarquer que les rues étaient sales ou
laides. Si les bouches d'égout bâillaient, on se
bouchait le nez. Quand on se mouchait, on trouvait de la morve dans son mouchoir, et non pas
son propre nez. On avait davantage de paix inté-
rieure et de contentement. Il y avait le bistrot, le
champ de courses, le vélo, les femmes légères et
les chevaux de trot. On pouvait encore se la cou-
ler douce. Dans le 14ᵉ, du moins. Le dimanche
matin, personne ne s'habillait. Si Mme Gorman
descendait en peignoir, les yeux sales, pour saluer
le pasteur — « Bonjour, mon père ! — Bonjour,
madame Gorman ! » — voilà la rue purgée de tout
péché. Pat McCarren mettait son mouchoir dans
la basque de son habit — il était bien placé là,
comme le trèfle national à sa boutonnière. Les
bocks de blonde avaient des faux cols, et les gens
s'arrêtaient pour un brin de causette.

Dans mes rêves, je reviens au 14ᵉ District comme
le paranoïaque retourne à ses obsessions.

When I think of those steel-gray battleships in the
Navy Yard I see them lying there in some astro-
logic dimension in which I am the gunnersmith,
the chemist, the dealer in high explosives, the
undertaker, the coroner, the cuckold, the sadist,
the lawyer and contender, the scholar, the restless
one, the jolt-head, and the brazen-faced.

Where others remember of their youth a beautiful garden, a fond mother, a sojourn at the
seashore, I remember, with a vividness as if it
were etched in acid, the grim soot-covered walls
and chimneys of the tin factory opposite us and
the bright, circular pieces of tin that were strewn
in the street, some bright and gleaming, others
rusted, dull, copperish, leaving a stain on the fingers; I remember the ironworks where the red
furnace glowed and men walked toward the glowing pit with huge shovels in their hands, while
outside were the shallow wooden forms like coffins
with rods through them on which you scraped
your shins or broke your neck. I remember the
black hands of the ironmolders, the grit that had
sunk so deep into the skin that nothing could
remove it, not soap, nor elbow grease, nor money,
nor love, nor death. Like a black mark on them!
Walking into the furnace like devils with black
hands — and later, with flowers over them, cool
and rigid in their Sunday suits, not even the rain
can wash away the grit.

1 Passagers sur le pont supérieur du *Majestic* entrant dans le port de New York, 1914.

« Puis il s'amarra à son quai personnel avec autant de manières qu'une grosse dame qui s'assied, et annonça complaisamment qu'il venait tout droit de Cherbourg et Southampton en transportant à son bord l'élite du monde. »

« Écoutez, John.
La vie n'est pour moi qu'une
série de bazars illuminés ; [...]
Alors, j'entre avec mon
porte-monnaie tout plein
de beauté, d'argent et de
jeunesse, prête à acheter.
Je demande : "Qu'avez-vous
à vendre ?" [...] "Eh bien,
mademoiselle, nous avons
aujourd'hui le plus
mê-ê-ê-erveilleux amour." »

2 Vue de Broadway et du "Singer Building" en début de soirée,
New York, 1910-1920.

3 Francis Scott Fitzgerald et sa femme Zelda en 1921.

4 La foule saluant le *White Star Liner Majestic*,
port de New York, janvier 1925.

5 New York et le Brooklyn Bridge, vers 1898.

«*Je suis un patriote – du 14ᵉ District, Brooklyn, où je fus élevé. Le reste des États-Unis n'existe pas pour moi, sauf en tant qu'idée, histoire, ou littérature.*»

6 Mères et enfants sur le trolleybus de Brooklyn, vers 1913.

7 Henry Miller, janvier 1940, photographie de Carl van Vechten.

8 Coney Island, Brooklyn, vers 1900.

6

7

9  À l'intersection de Broadway et de la 48e Rue, avril 1937.

« *En 1943, le music-hall était déjà sur le déclin, mais mon père pouvait encore compter sur un contrat de deux semaines au Henry Street, l'été, et sur les revues d'hiver. Après tout, c'était avec "Shaindele" que j'avais toujours obtenu mes plus grands succès.* »

10  Entrée de théâtre, Times Square, vers 1950, photographie d'Eve Arnold.

11  Portrait de la chanteuse Molly Picon, 1955, photographie destinée à promouvoir une comédie musicale « yiddish ».

12  Jerome Charyn, février 1996, photographie de Sophie Bassouls.

10

11

12

« *Soudain, en descendant une rue, que ça soit réel ou dans un rêve, on s'aperçoit pour la première fois que les ans se sont envolés, que tout cela est à jamais disparu et ne vivra plus que dans la mémoire...* »

13 Les toits de Manhattan, vers 1946-1947, photographie d'Henri Cartier-Bresson.

Quand je pense à ces bateaux de guerre gris acier dans la rade, je les y vois mouillés dans quelque dimension astrologique, où je suis à la fois canonnier, chimiste, marchand d'explosifs à grande puissance, croque-mort, coroner, cocu, sadique, avocat et plaideur, savant, enfin quoi, l'agité, le balourd et le culotté.

Là où d'autres se rappellent de leur jeunesse un beau jardin, une mère tendre, un séjour au bord de la mer, je me rappelle, moi, avec intensité, comme gravés à l'eau-forte, les murs et les cheminées atroces, couverts de suie, de l'usine de boîtes de conserves en face de chez nous, et les disques de fer-blanc qui parsemaient la rue, les uns brillants et polis, les autres rouillés, ternes, aux tons de cuivre, qui vous salissaient les doigts. Je me rappelle les forges avec la lueur rouge des fournaises, et les hommes qui marchaient vers la gueule embrasée, d'énormes pelles à la main, tandis qu'au-dehors on voyait les moules de bois creux pareils à des cercueils, traversés de tiges de fer sur lesquelles on s'écorchait les tibias ou on se rompait le cou. Je me rappelle les mains noires des forgerons, fondeurs, la saleté incrustée si profond sous la peau que rien ne pouvait l'ôter, ni le savon, ni le récurage, ni l'argent, ni l'amour, ni la mort. Comme une marque noire sur eux ! Ils entraient dans la fournaise comme des diables aux mains noires — et plus tard, disparus sous les fleurs, roides et glacés dans leurs habits du dimanche, pas même la pluie ne pourrait lessiver ces noires incrustations.

All these beautiful gorillas going up to God with swollen muscles and lumbago and black hands...

For me the whole world was embraced in the confines of the Fourteenth Ward. If anything happened outside it either didn't happen or it was unimportant. If my father went outside that world to fish it was of no interest to me. I remember only his boozy breath when he came home in the evening and opening the big green basket spilled the squirming, goggle-eyed monsters on the floor. If a man went off to the war I remember only that he came back of a Sunday afternoon and standing in front of the minister's house puked up his guts and then wiped it up with his vest. Such was Rob Ramsay, the minister's son. I remember that everybody liked Rob Ramsay — he was the black sheep of the family. They liked him because he was a good-for-nothing and he made no bones about it. Sundays or Wednesdays made no difference to him : you could see him coming down the street under the drooping awnings with his coat over his arm and the sweat rolling down his face ; his legs wobbly, with that long, steady roll of a sailor coming ashore after a long cruise ; the tobacco juice dribbling from his lips, together with warm, silent curses and some loud and foul ones too. The utter indolence, the insouciance of the man, the obscenities, the sacrilege. Not a man of God, like his father.

Tous ces magnifiques gorilles iraient vers Dieu
avec des biceps gonflés, du lumbago, et des mains
noires...

   Pour moi, le monde entier était compris dans
les limites du 14ᵉ District. Si quelque chose arri-
vait au-dehors, ou bien cela n'existait pas, ou bien
c'était sans importance. Si mon père sortait de ce
monde-là pour aller à la pêche, cela n'avait aucun
intérêt pour moi. Je me rappelle seulement son
haleine d'ivrogne quand il rentrait le soir et que,
ouvrant le grand panier vert, il servait à terre les
monstres frétillants, aux gros yeux ronds. Si un
homme partait pour la guerre, je me rappelle seulement qu'il revenait le dimanche après-midi
et que, debout devant la maison du pasteur, il
dégueulait toutes ses tripes, puis s'essuyait avec
son gilet. C'est ainsi qu'était Rob Ramsay, le fils
du pasteur. Je me souviens que tout le monde
aimait Rob Ramsay — c'était la brebis galeuse de
la famille. On l'aimait parce que c'était un propre
à rien, et il ne s'en faisait pas pour si peu.
Dimanche ou jour de semaine, c'était tout un
pour lui : on le voyait déambuler dans la rue sous
les tentes baissées, sa veste sur le bras, et la sueur
ruisselant sur sa face, les pattes un peu flottantes,
avec ce roulis allongé du marin qui tire sa bordée
après une longue croisière, le jus de sa chique
dégoulinant de ses lèvres, en même temps que
des jurons carabinés et inaudibles — et d'autres
aussi, sonores et répugnants... L'indolence fon-
cière de l'homme, son insouciance, les obscéni-
tés, le sacrilège ! Pas un homme de Dieu, comme
son père !

No, a man who inspired love! His frailties were human frailties and he wore them jauntily, tauntingly, flauntingly, like banderillas. He would come down the warm open street with the gas mains bursting and the air full of sun and shit and oaths and maybe his fly would be open and his suspenders undone, or maybe his vest bright with vomit. Sometimes he came charging down the street, like a bull skidding on all fours, and then the street cleared magically, as if the manholes had opened up and swallowed their offal. Crazy Willy Maine would be standing on the shed over the paint shop, with his pants down, jerking away for dear life. There they stood in the dry electrical crackle of the open street with the gas mains bursting. A tandem that broke the minister's heart.

That was how he was then, Rob Ramsay. A man on a perpetual spree. He came back from the war with medals, and with fire in his guts. He puked up in front of his own door and he wiped up his puke with his own vest. He could clear the street quicker than a machine gun. *Faugh a balla!* That was his way. And a little later, in his warm-heartedness, in that fine, careless way he had, he walked off the end of a pier and drowned himself.

I remember him so well and the house he lived in.

Non! Un homme qui inspirait l'amour! Ses fai-
blesses étaient humaines, et il les portait avec détachement, avec arrogance, avec ostentation, comme
des banderilles. Il descendait la rue livrée à la chaleur, où les conduites de gaz éclataient, et où l'air
était plein de soleil, d'ordure et de blasphème, et
parfois sa braguette bâillait et ses bretelles pen-
douillaient, ou encore son gilet resplendissait de
sa vomissure. Des fois il attaquait la rue au pas
de charge, taureau faisant feu des quatre sabots,
et la rue alors se vidait comme par enchantement,
comme si les trous d'égout s'étaient ouverts pour
avaler tous les détritus. Willie Maine, le cinglé, se
tenait sur le hangar au-dessus de la boutique
du peintre, son froc défait, badigeonnant à cœur
joie. Les voilà bien dans le crépitement sec et
électrique de la rue où éclataient les conduites de
gaz. Une paire de zigotos à briser le cœur du pasteur.

C'est ainsi qu'il était de ce temps, Rob Ramsay :
un type toujours en bamboche. Il revint de la
guerre couvert de médailles et du feu plein les
tripes. Il dégueulait devant sa propre porte, et il
essuyait sa vomissure à son gilet. Il pouvait vider la
rue plus promptement qu'une mitrailleuse. *Faugh
a balla!* C'était sa manière. Et un peu plus tard,
avec sa cordialité, avec ce bel air désinvolte qu'il
avait, il marcha tout droit jusqu'au bout d'une
jetée, fit la culbute, et se noya.

Je me souviens si bien de lui et de la maison
qu'il habitait!

Because it was on the doorstep of Rob Ramsay's house that we used to congregate in the warm summer evenings and watch the goings-on over the saloon across the street. A coming and going all night long and nobody bothered to pull down the shades. Just a stone's throw away from the little burlesque house called The Bum. All around The Bum were the saloons, and Saturday nights there was a long line outside, milling and pushing and squirming to get at the ticket window. Saturday nights, when the Girl in Blue was in her glory, some wild tar from the Navy Yard would be sure to jump out of his seat and grab off one of Millie de-Leon's garters. And a little later that night they'd be sure to come strolling down the street and turn in at the family entrance. And soon they'd be standing in the bedroom over the saloon, pulling off their tight pants and the women yanking off their corsets and scratching themselves like monkeys, while down below they were scuttling the suds and biting each other's ears off, and such a wild, shrill laughter all bottled up inside there, like dynamite evaporating. All this from Rob Ramsay's doorstep, the old man upstairs saying his prayers over a kerosene lamp, praying like an obscene nanny goat for an end to come, or when he got tired of praying coming down in his nightshirt, like an old leprechaun, and belaying us with a broomstick.

Parce que c'était sur le seuil de la maison de Rob
Ramsay que nous tenions nos assises par les
chaudes soirées d'été, à regarder ce qui se passait
dans le bistrot d'en face. Allées et venues toute la
nuit durant, et personne ne prenait la peine de
tirer les stores. À un jet de pierre, le petit café-
concert appelé Le Foutoir. Tout autour du Foutoir s'égrenaient les bistrots, et le samedi soir on
voyait de longues files dehors, et l'on poussait
et bousculait et gigotait pour arriver au guichet.
Le samedi soir, quand la Girl en Bleu était dans
toute sa gloire, on était sûr de voir quelque marin
déchaîné de la rade bondir de sa place et arracher une de ses jarretières à Millie de Leon. Et un
peu plus tard le même soir, on était sûr de les voir
déambuler dans la rue, et entrer par la porte des
habitués. Bientôt les voilà dans la chambre au-dessus du bistrot, tirant sur leurs pantalons collants,
et les femmes faisaient sauter leurs corsets et se
grattaient comme des guenons, tandis qu'en bas
d'autres engloutissaient les fonds des verres et
s'arrachaient les oreilles, au milieu d'une hilarité
sauvage et suraiguë, emmagasinée là-bas dedans,
comme de la dynamite efflorescente. Et tout ça,
vu des marches de Rob Ramsay, tandis que le
vieux là-haut disait ses prières à la lueur d'une
lampe à pétrole, priant comme une vieille nou-
nou répugnante pour implorer la fin de tout cela,
ou alors, quand il en avait marre de prier, descendant en chemise de nuit, comme un vieux
satyre, il nous menaçait de son balai.

From Saturday afternoon on until Monday morning it was a period without end, one thing melting into another. Saturday morning already — how it happened God only knows — you could *feel* the war vessels lying at anchor in the big basin. Saturday mornings my heart was in my mouth. I could see the decks being scrubbed down and the guns polished and the weight of those big sea monsters resting on the dirty glass lake of the basin was a luxurious weight on me. I was already dreaming of running away, of going to far places. But I got only as far as the other side of the river, about as far north as Second Avenue and Twenty-eighth Street, via the Belt Line. There I played the Orange Blossom Waltz and in the entr'actes I washed my eyes at the iron sink. The piano stood in the rear of the saloon. The keys were very yellow and my feet wouldn't reach to the pedals. I wore a velvet suit because velvet was the order of the day.

Everything that passed on the other side of the river was sheer lunacy: the sanded floor, the argand lamps, the mica pictures in which the snow never melted, the crazy Dutchmen with steins in their hands, the iron sink that had grown such a mossy coat of slime, the woman from Hamburg whose ass always hung over the back of the chair, the courtyard choked with sauerkraut... Everything in three-quarter time that goes on forever. I walk between my parents, with one hand in my mother's muff and the other in my father's sleeve.

Du samedi après-midi jusqu'au lundi matin, on n'en voyait pas la fin, une chose accouchait d'une autre. Dès le matin du samedi — (Dieu sait comment!) — on *sentait* les bateaux de guerre mouillés à l'ancre dans le grand bassin. Le samedi matin, mon cœur se gonflait d'émotion. Je voyais les ponts qu'on récurait, les canons qu'on astiquait, et le poids de ces énormes monstres marins au repos sur le lac sale et vitreux du bassin pesait sur moi délicieusement. Je rêvais déjà de m'enfuir, d'aller dans des pays lointains. Mais je n'allais pas plus loin que l'autre rive du fleuve, pas plus au nord que la Deuxième Avenue et la 28ᵉ Rue, par la Ligne de Ceinture. Là, je jouais la valse de la *Fleur d'Oranger*, et pendant les entractes je me rinçais les yeux au-dessus de l'évier de fer. Le piano se trouvait dans l'arrière-salle du bar. Les touches en étaient très jaunes, et mes pieds n'arrivaient pas aux pédales. Je portais un costume de velours parce que le velours était à l'ordre du jour.

Tout ce qui se passait de l'autre côté du fleuve était pure folie : le parquet sablé, les lampes à pétrole, les tableaux de mica dans lesquels la neige ne fondait jamais, les Hollandais toqués leur chope à la main, l'évier de fer qui s'était recouvert d'une épaisse mousse gluante, la femme de Hambourg dont les fesses débordaient toujours derrière sa chaise, la courette qui puait la choucroute… Tout à la mesure à trois temps qui bat sans arrêt. Je marche entre mes parents, une main dans le manchon de ma mère, l'autre dans la manche de mon père.

My eyes are shut tight, tight as clams which draw back their lids only to weep.

All the changing tides and weather that passed over the river are in my blood. I can still feel the slipperiness of the big handrail which I leaned against in fog and rain, which sent through my cool forehead the shrill blasts of the ferryboat as she slid out of the slip. I can still see the mossy planks of the ferry slip buckling as the big round prow grazed her sides and the green, juicy water sloshed through the heaving, groaning planks of the slip. And overhead the sea gulls wheeling and diving, making a dirty noise with their dirty beaks, a hoarse, preying sound of inhuman feasting, of mouths fastened down on refuse, of scabby legs skimming the green-churned water.

One passes imperceptibly from one scene, one age, one life to another. Suddenly, walking down a street, be it real or be it a dream, one realizes for the first time that the years have flown, that all this has passed forever and will live on only in memory; and then the memory turns inward with a strange, clutching brilliance and one goes over these scenes and incidents perpetually, in dream and reverie, while walking a street, while lying with a woman, while reading a book, while talking to a stranger...

Mes yeux bien fermées, serrés comme des moules qui n'entrouvrent leur coquille que pour pleurer.

Toutes les marées, toutes les saisons changeantes qui ont passé sur le fleuve me sont entrées dans le sang. Je peux encore sentir sous mes doigts la grosse barre de fer glissante sur laquelle je m'appuyais dans le brouillard et sous la pluie, qui faisait retentir à travers mon front glacé les coups de sifflet aigus du ferry-boat s'éloignant de l'embarcadère. Je vois encore les planches moussues de l'embarcadère s'arc-bouter lorsque la proue massive et ronde rasait ses bords, et l'eau verte et juteuse clapotait à travers les planches gémissantes et soulevées. Dans le ciel, les mouettes tournoyaient et plongeaient, faisant un bruit désagréable avec leurs becs sales, son rauque et vorace de festins inhumains, issu de bouches tenaillant l'ordure, de pattes galeuses, croûteuses, effleurant une eau verdissante sous le battement des hélices.

On passe imperceptiblement d'une scène, d'un âge, d'une vie à une autre. Soudain, en descendant une rue, que ça soit réel ou dans un rêve, on s'aperçoit pour la première fois que les ans se sont envolés, que tout cela est à jamais disparu et ne vivra plus que dans la mémoire ; et alors la mémoire se replie sur soi avec un éclat étrange et saisissant, et l'on repasse perpétuellement ces scènes et ces incidents, dans le rêve ou la rêverie, marchant dans la rue, couchant avec une femme, lisant un livre, parlant avec un étranger...

suddenly, but always with terrific insistence and
always with terrific accuracy, these memories
intrude, rise up like ghosts and permeate every
fiber of one's being. Henceforward everything
moves on shifting levels — our thoughts, our
dreams, our actions, our whole life. A parallelo-
gram in which we drop from one platform of our
scaffold to another. Henceforward we walk split
into myriad fragments, like an insect with a hundred feet, a centipede with soft-stirring feet that
drinks in the atmosphere; we walk with sensitive
filaments that drink avidly of past and future, and
all things melt into music and sorrow; we walk
against a united world, asserting our dividedness.
All things, as we walk, splitting with us into a
myriad iridescent fragments. The great fragmen-
tation of maturity. The great change. In youth we
were whole and the terror and pain of the world
penetrated us through and through. There was
no sharp separation between joy and sorrow : they
fused into one, as our waking life fuses with
dream and sleep. We rose one being in the morning and at night we went down into an ocean,
drowned out completely, clutching the stars and
the fever of the day.

And then comes a time when suddenly all
seems to be reversed. We live in the mind, in
ideas, in fragments. We no longer drink in the
wild outer music of the streets — we *remember*
only. Like a monomaniac we relive the drama of
youth.

soudain, mais toujours avec une insistance terrifiante et toujours avec une précision terrifiante,
ces souvenirs font intrusion, surgissent pareils à
des fantômes, et s'infiltrent dans toutes les fibres
de votre être. Désormais, tout se passe sur des plans
mouvants — nos pensées, nos rêves, nos actes,
toute notre vie. Parallélogramme dans lequel nous
tombons d'un étage de l'échafaudage à un autre.
Désormais, nous voici éclatés en mille fragments,
pareils à un insecte aux cent pieds, un mille-pattes
aux mille pieds de velours qui sucent l'atmosphère ; nous allons avec des filaments sensibles
qui boivent avidement le passé et l'avenir, et tout
se fond dans la musique et le chagrin ; nous mar-
chons à l'encontre d'un monde uni, affirmant
notre propre division. Toutes les choses, à mesure
que nous avançons, éclatent avec nous en mille
fragments iridescents. C'est la grande fragmenta-
tion de la maturité. Le grand changement. Dans
notre jeunesse, nous étions entiers, et la terreur
et la douleur du monde nous perçaient de part en
part. Il n'y avait pas de séparation aiguë entre la
joie et le chagrin : ils se fondaient en un tout,
comme notre vie éveillée se fond avec le rêve et le
sommeil. On se levait entier le matin, et le soir on
plongeait dans un océan, complètement englouti,
accroché aux étoiles et à la fièvre du jour écoulé.

Puis vient un temps où soudain tout paraît
renversé. On vit dans l'esprit, dans les idées, par
fragments. Nous ne buvons plus à la farouche
musique extérieure des rues — nous nous *souvenons* seulement. Comme un monomaniaque, nous
revivons le drame de la jeunesse.

Like a spider that picks up the thread over and over and spews it out according to some obsessive, logarithmic pattern. If we are stirred by a fat bust it is the fat bust of a whore who bent over on a rainy night and showed us for the first time the wonder of the great milky globes; if we are stirred by the reflections on a wet pavement it is because at the age of seven we were suddenly speared by a premonition of the life to come as we stared unthinkingly into that bright, liquid mirror of the street. If the sight of a swinging door intrigues us it is the memory of a summer's evening when all the doors were swinging softly and where the light bent down to caress the shadow there were golden calves and lace and glittering parasols and through the chinks in the swinging door, like fine sand sifting through a bed of rubies, there drifted the music and the incense of gorgeous unknown bodies. Perhaps when that door parted to give us a choking glimpse of the world, perhaps then we had the first intimation of the great impact of sin, the first intimation that here over little round tables spinning in the light, our feet idly scraping the sawdust, our hands touching the cold stem of a glass, that here over these little round tables which later we are to look at with such yearning and reverence, that here, I say, we are to feel in the years to come the first iron of love, the first stains of rust,

Comme une araignée qui rattrape le même fil
éternellement, et le dégurgite suivant quelque
obsédant dessin logarithmique. Si nous sommes
émus par une belle poitrine, c'est la belle poitrine
d'une grue qui se pencha par un soir pluvieux
pour nous montrer pour la première fois le
miracle des grands globes laiteux ; si nous sommes
émus par les reflets d'un trottoir mouillé, c'est
parce que, à l'âge de sept ans, nous avons soudain
été transpercés par la prémonition de la vie à venir,
alors que nous fixions sans y penser le brillant
miroir liquide de la rue. Si la vue d'une porte qui
bat nous intrigue, c'est le souvenir d'un soir
d'été, où toutes les portes battaient doucement,
et là où la lumière se penchait pour caresser
la pénombre, il y avait des mollets dorés et de la
dentelle et des ombrelles rutilantes, et à travers
l'entrebâillement des portes ballantes, comme du
sable fin tamisé à travers un lit de rubis, arrivaient
des bouffées de musique et l'odeur prenante de
somptueux corps inconnus. Peut-être, lorsque cette
porte s'entrouvrit pour nous donner un aperçu
bouleversant du monde, peut-être alors eûmes-
nous la première intuition du grand choc du
péché, la première intuition qu'ici, autour des
petits guéridons tournoyant dans la lumière, nos
pieds grattant indolemment la sciure, nos mains
touchant la tige froide d'un verre, ici, autour de
ces petits guéridons que nous regarderons plus
tard avec tant de tendre nostalgie et de respect,
ici, dis-je, nous sentirons dans les années à venir le
premier coup de poignard de l'amour, les premières taches de rouille,

the first black, clawing hands of the pit, the bright circular pieces of tin in the streets, the gaunt soot-colored chimneys, the bare elm tree that lashes out in the summer's lightning and screams and shrieks as the rain beats down, while out of the hot earth the snails scoot away miraculously and all the air turns blue and sulphurous. Here over these tables, at the first call, the first touch of a hand, there is to come the bitter, gnawing pain that gripes at the bowels; the wine turns sour in our bellies and a pain rises from the soles of the feet and the round tabletops whirl with the anguish and the fever in our bones at the soft, burning touch of a hand. Here there is buried legend after legend of youth and melancholy, of savage nights and mysterious bosoms dancing on the wet mirror of the pavement, of women chuckling softly as they scratch themselves, of wild sailors' shouts, of long queues standing in front of the lobby, of boats brushing each other in the fog and tugs snorting furiously against the rush of tide while up on the Brooklyn Bridge a man is standing in agony, waiting to jump, or waiting to write a poem, or waiting for the blood to leave his vessels because if he advances another foot the pain of his love will kill him.

The plasm of the dream is the pain of separation. The dream lives on after the body is buried.

les premiers coups d'ongle des mains noires de la
fosse, les premiers disques brillants de fer-blanc
dans les rues, les cheminées étiques couleur de
suie, l'orme dépouillé que cingle la foudre d'été,
et qui hurle et siffle sous le martèlement de
l'averse, tandis que, sortis de la terre brûlante, les
escargots filent miraculeusement, et l'air tout
entier bleuit et sent le soufre. Ici, autour de ces
tables, au premier appel, au premier contact d'une
main, voici que viendra l'amère, la rongeante
douleur, qui vous agrippe aux entrailles; le vin
aigrit dans l'estomac, une douleur nous monte de
la plante des pieds, et les guéridons se mettent à
tourner de l'angoisse et de la fièvre qui nous ron-
gent les os au contact doux et brûlant d'une
main. Ici gisent ensevelies légende après légende
de jeunesse et de mélancolie, de nuits sauvages et
de seins mystérieux dansant sur le miroir mouillé
du trottoir, de femmes gloussant doucement de
rire tout en se grattant, de vociférations de marins
déchaînés, de longues queues stationnant devant
le couloir, de bateaux se frôlant dans le brouillard
et de remorqueurs renâclant rageusement contre
la ruée du courant, tandis que là-haut, sur le pont
de Brooklyn, un homme se dresse, torturé, prêt à
sauter, ou prêt à écrire un poème, ou prêt à se
vider de tout son sang, parce que s'il avance d'un
autre pas, la souffrance de son amour le tuera.

Le plasma du rêve est fait de la douleur des
séparations. Le rêve continue de vivre après que
le corps est enterré.

We walk the streets with a thousand legs and eyes, with furry antennae picking up the slightest clue and memory of the past. In the aimless to and fro we pause now and then, like long, sticky plants, and we swallow whole the live morsels of the past. We open up soft and yielding to drink in the night and the oceans of blood which drowned the sleep of our youth. We drink and drink with an insatiable thirst. We are never whole again, but living in fragments, and all our parts separated by thinnest membrane. Thus when the fleet maneuvers in the Pacific it is the whole saga of youth flashing before your eyes, the dream of the open street and the sound of gulls wheeling and diving with garbage in their beaks; or it's the sound of the trumpet and flags flying and all the unknown parts of the earth sailing before your eyes without dates or meaning, wheeling like the tabletop in an iridescent sheen of power and glory. Day comes when you stand on the Brooklyn Bridge looking down into black funnels belching smoke and the gun barrels gleam and the buttons gleam and the water divides miraculously under the sharp, cutting prow, and like ice and lace, like a breaking and a smoking, the water churns green and blue with a cold incandescence, with the chill of champagne and burnt gills. And the prow cleaves the waters in an unending metaphor:

Nous parcourons les rues avec mille yeux et mille jambes, avec des antennes veloutées qui ramassent les moindres indices et souvenirs du passé. Dans le va-et-vient sans but, nous nous arrêtons parfois, pareils à de longues plantes gluantes, et nous avalons sans mâcher les morceaux vivants du passé. Nous nous ouvrons, tendres et offerts, pour boire à la nuit et aux océans de sang qui ont noyé le sommeil de notre jeunesse. Nous buvons et buvons, atteints d'une soif insatiable. Nous ne sommes jamais plus entiers, mais nous vivons en fragments, toutes nos parties séparées par une très fine membrane. Ainsi, quand la flotte manœuvre dans le Pacifique, c'est toute la saga de la jeunesse qui jaillit comme un éclair devant vos yeux, le rêve de la rue et le cri des mouettes qui tournoient et plongent, le bec plein d'ordures; ou bien c'est la sonnerie des trompettes et les pavillons déployés, et toutes les parties inconnues de la terre défilent devant vos yeux, sans dates comme sans signification, tournoyant comme le guéridon dans une gloire iridescente de somptueuse grandeur. Le jour vient où vous vous dressez sur le pont de Brooklyn, à regarder en bas les cheminées noires des bateaux éructant leur fumée, et les canons des fusils luisent et les boutons luisent et les eaux se fendent miraculeusement sous les proues acérées et coupantes, et, glace et dentelle, remous et embruns, l'eau barattée tourne au vert, au bleu, dans une froide incandescence, comme la glace du champagne qui brûle le gosier. Et la proue fend les eaux en une interminable métaphore :

the heavy body of the vessel moves on, with the prow ever dividing, and the weight of her is the unweighable weight of the world, the sinking down into unknown barometric pressures, into unknown geologic fissures and caverns where the waters roll melodiously and the stars turn over and die and hands reach up and grasp and clutch and never seize nor close but clutch and grasp while the stars die out one by one, myriads of them, myriads and myriads of worlds sinking down into cold incandescence, into fuliginous night of green and blue with broken ice and the burn of champagne and the hoarse cry of gulls, their beaks swollen with barnacles, their foul garbaged mouths stuffed forever under the silent keel of the ship.

One looks down from the Brooklyn Bridge on a spot of foam or a little lake of gasoline or a broken splinter or an empty scow; the world goes by upside down with pain and light devouring the innards, the sides of flesh bursting, the spears pressing in against the cartilage, the very armature of the body floating off into nothingness. Passes through you crazy words from the ancient world, signs and portents, the writing on the wall, the chinks of the saloon door, the cardplayers with their clay pipes, the gaunt tree against the tin factory, the black hands stained even in death.

le corps pesant du navire avance et avance, la proue n'arrête pas de fendre l'eau, et le poids du navire est le poids impesable du monde, la plongée au fond de pressions barométriques inconnues, au fond de fissures géologiques et de cavernes inconnues où les eaux roulent mélodieusement, où les étoiles tournent et s'éteignent, où les mains se tendent et agrippent et accrochent, sans jamais saisir ni se refermer, mais accrochent et s'agrippent tandis que les étoiles s'éteignent une à une par myriades, myriades et myriades d'univers engloutis dans une froide incandescence, engloutis dans une nuit fuligineuse de vert et de bleu, avec glace pilée et brûlure du champagne et le cri rauque des mouettes, aux becs gonflés de patelles, leurs bouches souillées d'immondices à jamais bourrées sous la quille silencieuse du vaisseau.

Du haut du pont de Brooklyn, le regard plonge et s'arrête sur une tache d'écume, sur un petit lac de gazoline, sur un bout de bois brisé ou sur un chaland vide ; le monde défile la tête en bas, douleur et lumière vous dévorant le gésier, les parois de chair éclatant, la pointe des lances vous poignardant en pleine viande, l'armature même du corps emportée à la dérive dans le néant. Vous traversent des mots insensés venus de l'ancien monde, signes et présages, lettres de feu sur le mur, entrebâillements de la porte du bar, joueurs de cartes aux pipes de terre, arbre décharné contre l'usine de boîtes de conserves, mains noires souillées même dans la mort.

One walks the street at night with the bridge against the sky like a harp and the festered eyes of sleep burn into the shanties, deflower the walls; the stairs collapse in a smudge and the rats scamper across the ceiling; a voice is nailed against the door and long creepy things with furry antennae and thousand legs drop from the pipes like beads of sweat. Glad, murderous ghosts with the shriek of night-wind and the curses of warm-legged men; low, shallow coffins with rods through the body; grief-spit drooling down into the cold, waxen flesh, searing the dead eyes, the hard, chipped lids of dead clams. One walks around in a circular cage on shifting levels, stars and clouds under the escalator, and the walls of the cage revolve and there are no men and women without tails or claws, while over all things are written the letters of the alphabet in iron and permanganate. One walks round and round in a circular cage to the roll of drum-fire; the theater burns and the actors go on mouthing their lines; the bladder bursts, the teeth fall out, but the wailing of the clown is like the noise of dandruff falling. One walks around on moonless nights in the valley of craters, valley of dead fires and whitened skulls, of birds without wings.

On marche dans la rue la nuit, et le pont se dresse contre le ciel comme une harpe, et les yeux gangrenés de sommeil corrodent les bicoques de leur feu, déflorent les murs ; l'escalier s'effondre dans un brouillard confus et les rats dégoulinent à travers le plafond ; une voix est clouée contre la porte et de longues choses rampantes munies d'antennes veloutées et d'un millier de pattes tombent des tuyaux comme des gouttes de sueur. Fantômes joyeux et meurtriers, hululant comme la bise nocturne et maudissant comme des hommes au sang chaud ; cercueils bas et creux, avec des tiges au travers du corps ; bave du chagrin suintant dans la chair froide et cireuse, marquant les yeux morts au fer rouge, paupières dures et tailladées des moules mortes. On tourne en rond dans une cage circulaire sur des plans mouvants, étoiles et nuages sous l'escalier roulant, et tournent les murs de la cage, et nul, ni homme ni femme, qui n'ait queue ou griffes, alors que sur toutes choses s'inscrivent les lettres de l'alphabet marquées au fer et au permanganate. On tourne et retourne en rond dans la cage circulaire au roulement de la canonnade ; le théâtre est incendié et les acteurs ne cessent pas de débiter leur texte ; la vessie éclate, les dents tombent, mais le gémissement plaintif du clown est pareil au bruit de chute des pellicules. On tourne par nuits sans lune dans la vallée des cratères, vallées des feux éteints et des crânes blanchis, des oiseaux sans ailes.

Round and round one walks, seeking the hub and nodality, but the fires are burned to ash and the sex of things is hidden in the finger of a glove.

And then one day, as if suddenly the flesh came undone and the blood beneath the flesh had coalesced with the air, suddenly the whole world roars again and the very skeleton of the body melts like wax. Such a day it may be when first you encounter Dostoevski. You remember the smell of the tablecloth on which the book rests; you look at the clock and it is only five minutes from eternity; you count the objects on the mantelpiece because the sound of numbers is a totally new sound in your mouth, because everything new and old, or touched and forgotten, is a fire and a mesmerism. Now every door of the cage is open and whichever way you walk is a straight line toward infinity, a straight, mad line over which the breakers roar and great rocs of marble and indigo swoop to lower their fevered eggs. Out of the waves beating phosphorescent step proud and prancing the enameled horses that marched with Alexander, their tight-proud bellies glowing with calcium, their nostrils dipped in laudanum. Now it is all snow and lice, with the great band of Orion slung around the ocean's crotch.

It was exactly five minutes past seven, at the corner of Broadway and Kosciusko Street, when Dostoevski first flashed across my horizon. Two men and a woman were dressing a shop window.

On tourne et tourne et retourne, à la recherche du moyeu et du nodule, mais les feux ne sont plus que cendres et le sexe des choses est caché dans un doigt de gant.

Et puis un jour, comme si la chair soudain se dénouait, si le sang sous la chair s'était mêlé à l'air, soudain le monde entier se remet à rugir et le squelette même du corps fond comme de la cire. C'est par un tel jour peut-être qu'on fait la découverte de Dostoïevski. On se rappelle l'odeur de la nappe sur laquelle repose le livre ; on regarde la pendule : il est l'éternité moins cinq ; on compte les objets sur le manteau de la cheminée, parce que le son des chiffres est un son totalement nouveau pour votre bouche, parce que tout, le neuf et le vieux, le touché et l'oublié, devient feu et fluide magnétique. Maintenant toutes les portes de la cage sont ouvertes et où que vous alliez la route est droite vers l'infini, route folle et droite, par-dessus laquelle grondent les brisants, et de grands oiseaux fabuleux, marbre et indigo, fondent pour y déposer leurs œufs enfiévrés. Hors des vagues au battement phosphorescent surgissent fiers et cabrés les coursiers aux flancs lustrés d'émail, cavalerie d'Alexandre, le ventre tendu d'orgueil aux éclairs de calcium, le naseau trempé de laudanum. Maintenant tout est neige et poux, et le grand baudrier d'Orion est jeté autour de l'aine de l'océan.

Il était exactement sept heures cinq, au coin de Broadway et de la rue Kosciusko, lorsque Dostoïevski zébra mon horizon de ses éclairs. Deux hommes et une femme composaient un étalage.

From the middle of the upper legs down the mannikins were all wire. Empty shoe boxes lay banked
against the window like last year's snow...

That is how Dostoevski's name came in. Unos-
tentatiously. Like an old shoe box. The Jew who
pronounced his name for me had thick lips; he
could not say Vladivostok, for instance, nor Car-
pathians — but he could say Dostoevski divinely.
Even now, when I say Dostoevski, I see again his
big, blubbery lips and the thin thread of spittle
stretching like a rubber band as he pronounced
the word. Between his two front teeth there was a
more than usual space; it was exactly in the middle of this cavity that the word Dostoevski quivered and stretched, a thin, iridescent film of
sputum in which all the gold of twilight had col-
lected — for the sun was just going down over
Kosciusko Street and the traffic overhead was
breaking into a spring thaw, a chewing and grinding noise as if the mannikins in their wire legs
were chewing each other alive. A little later, when
I came to the land of the Houyhnhnms, I heard
the same chewing and grinding overhead and again
the spittle in a man's mouth quivered and stretched
and shone iridescent in a dying sun. This time it
is at the Dragon's Gorge :

Du milieu des cuisses jusqu'aux pieds, les mannequins étaient en fil de fer. Des boîtes de souliers
vides s'amoncelaient contre la glace comme la
neige de l'année dernière…

C'est ainsi que le nom de Dostoïevski fit son
entrée. Sans ostentation. Comme une vieille boîte
à chaussures. Le Juif qui me prononça son nom
avait des lèvres épaisses ; il ne pouvait pas dire Vladivostok, par exemple, non plus que Carpathiens
— mais il pouvait dire « Dostoïevski » divinement
bien. Même aujourd'hui, quand je dis Dostoïevski,
je revois ses grosses lèvres lippues et le mince filet
de salive qui se tendait comme un élastique à
mesure qu'il prononçait le mot. Entre ses deux
incisives il y avait un vide anormal — et ce fut
exactement dans le milieu de cette cavité que le
mot « Dostoïevski » vibra et s'étendit, mince pelli-
cule iridescente de salive où vint se jouer tout l'or
du crépuscule — car le soleil baissait justement au
fond de la rue Kosciusko, et le trafic au-dessus
de nos têtes fondait comme une débâcle de printemps, bruit de mâchoires grinçantes, comme si
les mannequins aux jambes de laiton se dévo-
raient entre eux. Un peu plus tard, lorsque j'en-
trai dans le pays des Houyhnhnms, j'entendis
les mêmes mâchoires grinçantes au-dessus de
ma tête, et de nouveau la salive dans une bouche
d'homme frémit et s'étira, tout irisée dans le
soleil couchant. Cette fois, c'est à la Gueule du
Dragon[1] :

---

1. *Gueule du Dragon*, attraction de Coney Island, le Luna-
Park de New York. *(N.d.T.)*

a man standing over me with a rattan stick and banging away with a wild Arabian smile. Again, as if my brain were a uterus, the walls of the world gave way. The name Swift was like a clear, hard pissing against the tin-plate lid of the world. Overhead the green fire-eater, his delicate intestines wrapped in tarpaulin; two enormous milk-white teeth champing down over a belt of black-greased cogs connecting with the shooting gallery and the Turkish bath; the belt of cogs slipping over a frame of bleached bones. The green dragon of Swift moves over the cogs with an endless pissing sound, grinding down fine and foreshortened the human-sized midgets that are sucked in like macaroni. In and out of the esophagus, up and down and around the scapular bones and the mastoid delta, falling through the bottomless pit of the viscera, gurgitating and exgurgitating, the crotch spreading and slipping, the cogs moving on relentlessly, chewing alive all the fine, foreshortened macaroni hanging by the whiskers from the dragon's red gulch. I look into the milk-white smile of the barker, that fanatical Arabian smile which came out of the Dreamland fire, and then I step quietly into the open belly of the dragon.

un homme se dresse devant moi, une canne de rotin à la main, bonimentant avec un rictus de fanatique. Là encore, comme si mon cerveau était un utérus, les murailles du monde cédèrent. Le nom de Swift était comme un jet d'urine clair et dru, sonnant contre le couvercle en fer-blanc du monde. Au-dessus de moi, le vert mangeur de feu, ses intestins délicats enveloppés dans un ciré ; deux énormes dents, blanches comme du lait, mordant sur une ceinture d'engrenages passés au cambouis, communiquant avec le stand de tir et les bains turcs ; les roues dentées de l'engrenage glissant sur une carcasse d'os blanchis. Le vert dragon de Swift se meut sur l'engrenage avec un bruit sans fin de jaillissement, moulant très fin et raccourcissant les Pygmées à forme humaine que la machine aspire comme du macaroni. Entrés-sortis de l'œsophage, de haut en bas et tout autour de l'omoplate et du delta mastoïdien, précipités au fond du gouffre insondable des viscères, ingur-gités et dégurgités, les aines distendues puis glis-santes, l'engrenage va impitoyablement et mâche tout vivants les fins macaronis raccourcis pendus par les favoris à la gueule rouge du dragon. Je regarde le sourire blanc-de-lait de l'aboyeur, ce sourire fanatique sorti de l'incendie du Pays des Rêves[1], et puis j'entre tranquillement dans le ventre ouvert du dragon

---

1. *Pays des Rêves*, endroit de Coney Island dévasté par un incendie. Tout brûla, lions et tigres compris — le bonimen-teur au sourire de fanatique y devint fou. *(N.d.T.)*

Between the crazy slats of the skeleton that holds the revolving cogs the land of the Houyhnhnms spreads out before me; that hissing, pissing noise in my ears as if the language of men were made of seltzer water. Up and down over the greasy black belt, over the Turkish baths, through the house of the winds, over the sky-blue waters, between the clay pipes and the silver balls dancing on liquid jets : the infra-human world of fedoras and banjos, of bandannas and black cigars; butterscotch stretching from peg to Winnipeg, beer bottles bursting, spun-glass molasses and hot tamales, surf-roar and griddle sizzle, foam and eucalyptus, dirt, chalk, confetti, a woman's white thigh, a broken oar; the razzle-dazzle of wooden slats, the meccano puzzle, the smile that never comes off, the wild Arabian smile with spits of fire, the red gulch and the green intestines...

O world, strangled and collapsed, where are the strong white teeth? O world, sinking with the silver balls and the corks and the life-preservers, where are the rosy scalps? O glab and glairy, O glabrous world now chewed to a frazzle, under what dead moon do you lie cold and gleaming?

Entre les os ricanants du squelette qui tient les roues dentées en marche, le pays de Houyhnhnms s'étend devant moi ; et ce bruit jaillissant siffle à mes oreilles comme si le langage des hommes était fait d'eau de Seltz. De haut en bas, sur le jeu, noir de cambouis, des engrenages, au-dessus des bains turcs, à travers la Maison des Vents, au-dessus des eaux azurées, entre les pipes de terre et les balles d'argent qui dansent sur les jets d'eau : monde infra-humain des fédoras et des banjos, des foulards et des cigares foncés ; caramels qui s'étirent du croc jusqu'à Winnipeg, bouteilles de bière qui éclatent, mélasses en verre filé et tamales servis chauds, grondement de la houle et grésillements du gril, écume, eucalyptus, saleté, craie, confettis, la cuisse blanche d'une femme, un aviron brisé ; le tintamarre des lattes de bois, le puzzle du Meccano, le sourire qui n'en finit pas, le sourire fanatique crachant du feu, la gueule rouge et les intestins verts…

Ô monde, étranglé, effondré, où sont les puissantes dents blanches ? Ô monde, qui sombres avec des balles d'argent, les bouchons et les appareils de sauvetage, où sont les crânes roses ? Ô monde glabre et glaireux, mâché maintenant et recru de fatigue, sous quelle lune morte reposes-tu, lumineux et glacé ?

Jerome Charyn

Sing, Shaindele, Sing

Chante, Shaindele, chante

*Traduit de l'américain
par Anne Rabinovitch*

At the Shamrock Gardens I was either Little Annie Rooney, the pride of Killarney, or Mary O'Reilly, the queen of County Cork. But at the Loew's Pitkin or the Henry Street Theatre I was Shaindele Berkowitz, the Molly Picon of East Broadway. In 1943 vaudeville was already on the way out, but my father could still count on a two-week stay at the Henry Street for the summer and winter reviews. After all, it was with "Shaindele" that I always scored my biggest successes. When I sang *Yussele* or *Oif'n Pripetchik*, even the pennypinching furriers in the first row wept and threw dimes, and my father kept hopping across the stage and retrieved every cent. God help any of the stage boys who tried to chisel my father out of a dime. He caught them after the show and taught them a lesson for life.

Dans les Shamrock Gardens, j'étais soit la petite Anne Rooney, la fierté de Kilearney, soit Mary O'Reilly, la reine du comté de Cork. Mais au Loew's Pitkin ou au théâtre de Henry Street, j'étais Shaindele Berkowitz, la Molly Picon d'East Broadway. En 1943, le music-hall était déjà sur le déclin, mais mon père pouvait encore compter sur un contrat de deux semaines au Henry Street, l'été, et sur les revues d'hiver. Après tout, c'était avec « Shaindele » que j'avais toujours obtenu mes plus grands succès. Quand je chantais *Yussele* ou *Oif'n Pripetchik*, même les fourreurs pingres du premier rang pleuraient et jetaient des pièces — et mon père passait son temps à sautiller sur la scène pour récupérer le moindre cent. Dieu garde les machinistes qui essayaient de le rouler d'un sou. Il les attrapait après le spectacle et leur donnait une leçon pour la vie.

My father paid Greenspan the tailor two dollars a
week to teach me all the latest Jewish songs, and I
spent night after night in the back of Greenspan's
shop, singing and sipping tea with strawberry jam.
His son Itzie was around most of the time, and he
was always ready to pinch my behind or peek under
my dress. But when his father caught him in the
act, Itzie would throw up his hands and complain,
"Pop, Pop, why should I want to start up with
her? She's only a kid. Pop, the girl doesn't have a
tit to her name." So I learned how to sing *Oif'n
Pripetchik* like an expert, and had to put up with
Itzie's antics. Greenspan showed me off to all his
friends. "A goy," he would say, raising his right
hand solemnly, "so help me God. A goy, but she's
another Molly Picon. I should know. I taught her
myself." I would have gladly performed for all of
Greenspan's friends, but my father didn't allow
me to give concerts for free.

My aunt Giuseppina sent the truant officers
after me, but my father hopped from hotel to hotel
so fast that no one could keep up with us. And
once, after a session with Greenspan, I decided to
visit my old neighborhood in the East Bronx. But
as soon as I came near Webster Avenue Father
Benjamini hailed me down.

Mon père payait le tailleur Greenspan deux dollars par semaine pour m'enseigner les dernières
chansons yiddish, et je passais soir après soir, dans
l'arrière-boutique, à chanter et à boire du thé
avec de la confiture de fraises. Son fils Itzie était là
la plupart du temps, et il était toujours prêt à me
pincer le derrière ou à jeter un coup d'œil sous
ma robe. Mais si son père le prenait sur le fait,
Itzie levait les mains en l'air et se plaignait :
«Papa, papa, pourquoi aurais-je envie de com-
mencer avec elle ? Ce n'est qu'une môme, papa,
elle n'a même pas de nénés !» J'appris ainsi à
chanter *Oif'n Pripetchik* comme une profession-
nelle et je dus m'accommoder des singeries d'Itzie. Greenspan me montrait à tous ses amis. «Une
goy», disait-il, et il levait solennellement la main
droite, «que Dieu me garde. Une goy, mais c'est
une nouvelle Molly Picon. Je suis bien placé pour
le savoir. C'est moi qui lui ai tout appris.» J'aurais
chanté avec joie pour tous les amis de Greenspan,
mais mon père ne m'autorisait pas à donner des
concerts gratuits.

Ma tante Giuseppina envoya les inspecteurs
scolaires à ma recherche, mais mon père passait si
rapidement d'un hôtel à l'autre que personne ne
pouvait nous attraper. Et une fois, après une
séance avec Greenspan, je décidai de me rendre
dans mon ancien quartier de l'East Bronx. Mais
dès que j'approchai de Webster Avenue, le père
Benjamin me héla.

First he hugged me and asked me about my father, then his face darkened, and he told me that every soul in purgatory was wailing for me because of all the masses I had missed. "Fannie Finocchiaro," he said, "you're a lost soul." What could I tell him? What could I say? Call me Shaindele, Father. I'm the Molly Picon of East Broadway. So while he kept up his harangue, I ran off and promised myself that I would stay away from Webster Avenue for good.

I was fifteen in January, but my father still wouldn't let me wear a brassière. "Fannie," he complained, "if they ever find out you're over twelve, they'll banish us both." But even my father couldn't hold back nature, and when I started to grow in the right places he made me wear a towel around my chest. So I remained flat-chested Fannie. And, God forbid, if I ever went downstairs without the towel, he pulled my hair and made me drink cod-liver oil for a week. But we both knew that with or without the towel, my vaudeville days were near the end of the line. The Shamrock Gardens burned down in late '42, and the Loew's Pitkin canceled its weekly vaudeville show. So in '43 we had to settle for the Henry Street.

Il commença par m'embrasser et me demander des nouvelles de mon père, puis son visage s'assombrit et il me dit que toutes les âmes du purgatoire se lamentaient pour moi à cause de toutes les messes que j'avais manquées. « Fannie Finocchiaro, dit-il, tu es une âme perdue. » Que pouvais-je lui raconter ? Que pouvais-je lui dire ? Appelez-moi Shaindele, mon père. Je suis la Molly Picon d'East Broadway. Et, pendant qu'il poursuivait son discours, je me suis enfuie en me promettant de ne pas remettre les pieds dans Webster Avenue.

J'avais eu quinze ans en janvier, mais mon père refusait de me laisser porter un soutien-gorge. « Fannie, se plaignait-il, si jamais ils découvrent que tu as plus de douze ans, ils nous chasseront tous les deux. » Mais même mon père ne pouvait arrêter la nature, et quand je commençai à m'épanouir à certains endroits il m'obligea à porter une serviette sur la poitrine. Ainsi je restai Fannie aux seins plats. Et, Dieu me garde, si jamais je descendais sans la serviette il me tirait les cheveux et me forçait à boire de l'huile de foie de morue pendant une semaine. Mais nous savions tous les deux qu'avec ou sans serviette mes jours de music-hall touchaient à leur fin. Les Shamrock Gardens brûlèrent à la fin 42, et le Loew's Pitkin annula son spectacle hebdomadaire. En 43, nous avons dû nous installer au Henry Street.

I also sang at weddings and bar mitzvahs, and we made enough to get by. And when Breitbart, the stage manager at the Henry Street, told my father that he wanted Shaindele for the winter revue, I was shipped back to Greenspan for more songs. Now Itzie followed me around like a spider. After four or five sessions, Greenspan told me that I was ready for the revue. "Fannie," he said, "Molly Picon better watch out. You'll drive all the stars out of Second Avenue with your singing. I mean it." So my father unpacked his accordion and we went over to Henry Street.

In 1943 the Henry Street Theatre was already ancient. Everyone waited for the theatre to close down. Half the seats were broken, cockroaches and rats used the floor for a playing field, and the curtains caught fire at least once a month. Fire inspectors kept coming around and condemning the theatre, but Breitbart's brother knew the captain of the Clinton Street precinct, and the theatre stayed open. Breitbart's biggest problem was the balcony. It collapsed the summer before, but Breitbart claimed that the Ludlow Street Theatre hired some hooligans from Brownsville, and while Yankel the talking monkey was performing on stage, the hooligans brought hammers and hacksaws into the theatre and destroyed the balcony.

Je chantais aussi aux mariages et aux bar-mitsva[1], et nous gagnions assez d'argent pour nous en sortir. Et quand Breitbart, le régisseur du Henry Street, dit à mon père qu'il voulait Shaindele pour la revue d'hiver, on me renvoya chez Greenspan pour élargir mon répertoire. Maintenant Itzie me suivait partout comme une araignée. Après quatre ou cinq séances, Greenspan me déclara que j'étais prête pour la revue. «Fannie, dit-il, Molly Picon ferait mieux d'être sur ses gardes. Avec tes chansons, tu vas chasser toutes les stars de la Seconde Avenue. Je le pense sincèrement.» Alors mon père déballa son accordéon et nous allâmes au Henry Street.

En 1943, le théâtre de Henry Street était déjà vieux. Tout le monde attendait sa fermeture. La moitié des sièges étaient cassés, les cafards et les rats s'ébattaient sur le sol comme dans un terrain de jeux, et les rideaux prenaient feu au moins une fois par mois. Les inspecteurs des sapeurs-pompiers venaient régulièrement condamner le théâtre, mais le frère de Breitbart connaissait le capitaine du quartier de Clinton Street, et le théâtre resta ouvert. Le plus grave problème de Breitbart était le balcon. Il s'était écroulé l'été précédent, mais Breitbart affirmait que le théâtre de Ludlow Street avait engagé des voyous de Brownsville et que, pendant que Yankel, le singe parlant, se produisait sur scène, les voyous avaient apporté des marteaux et des scies à métaux au théâtre et démoli le balcon.

---

1. Cérémonie célébrée lorsqu'un jeune garçon atteint sa majorité religieuse, à treize ans (hébreu).

Nobody knows if the story is true, but Breitbart
sued the Ludlow Street Theatre for thousands,
and even the police department was on his side.
Breitbart himself installed two metal supports,
but the balcony still kept rocking, and all the old-
time actors bet that the balcony would collapse
again, with or without the help of any hooligans.

So my father warned me, "Fannie, if you want
to stay alive, don't stand under the balcony." And
I took his advice. When Breitbart saw me, he
called me over and started pinching my cheeks.
"Shaindele," he said. My father stood in the corner and tuned up his accordion. Breitbart winked
at me. "Shaindele, a cup of coffee after the show?
Don't worry, I'll send your father on an errand."
He winked again. Breitbart had a whole haremful
of wives, daughters, and nieces, and he also had a
double hernia and a punctured lung, but he still
ran after all the girls in the show, and it didn't
make any difference to him if they were twelve
years old or sixty. "So, Shaindele?" he said, but
he heard my father tuning up the accordion, and
he stopped squeezing my behind. "Shaindele." The
beams that supported the balcony began to shake.
"Doomsday," my father said, and he dropped his
accordion and hid behind one of the broken seats.
I ran over to him. I heard him mumble a "Hail
Mary" and promise Jesus that he would send me
to St. Agnes' Secretarial School.

Personne ne sait si l'histoire est vraie, mais Breitbart a poursuivi le Ludlow Street pour des milliers de dollars et même les services de police étaient de son côté. Breitbart installa lui-même deux supports métalliques, mais le balcon continua de se balancer, et tous les acteurs d'autrefois parièrent qu'il s'effondrerait de nouveau, avec ou sans l'aide des voyous.

Mon père me fit donc cette recommandation : « Fannie, si tu veux rester en vie, évite de te tenir sous le balcon », et je suivis son conseil. Quand Breitbart me vit, il m'appela et commença à me pincer les joues. « Shaindele », dit-il. Mon père, debout dans un coin, accordait son accordéon. Breitbart me lança un clin d'œil. « Shaindele, une tasse de café après le spectacle ? Ne t'inquiète pas, j'enverrai ton père faire une course. » Il cligna encore de l'œil. Breitbart avait un harem entier d'épouses, de filles et de nièces ; il avait aussi une double hernie et un poumon perforé, mais il courait encore après toutes les filles du spectacle, et peu lui importait qu'elles aient douze ou soixante ans. « Alors, Shaindele ? » dit-il, mais il entendit mon père accorder son instrument, et cessa de me pincer les fesses. « Shaindele. » Les poutres qui soutenaient le balcon se mirent à trembler. « Le jugement dernier », dit mon père, il laissa tomber son accordéon et se cacha derrière l'un des sièges cassés. Je courus vers lui. Je l'entendis marmonner un « Je vous salue Marie » et promettre à Jésus qu'il m'enverrait à l'école de secrétariat de Sainte-Agnès.

"Notte," Breitbart said, "come down from the balcony. Notte, move, before I skin you alive." A strange head peered over the balcony rail. Breitbart slapped his sides, complained to me, and spoke to the wall, all at the same time. "My nephew Notte. He's half an idiot, but what can I do? He's part of the tribe. Give him a job, my wife tells me, give him a job. But can he sweep the floor or draw a curtain? No! Not Notte. All he can do is scribble poems that no one can understand." My father stood up and went back to his accordion. Breitbart's nephew Notte jumped over the railing, and climbed down one of the beams. The balcony shook, but this time my father stood his ground. Notte's back was slightly humped, his nose was crooked, several of his teeth were missing, and he hardly had a chin. A pair of stretched and worn suspenders supported his baggy pants. He looked like a missing member of the Marx Brothers. Breitbart rushed over to Notte and gripped his ears. "This is what I pay you money for? To hide in balconies? My philosopher! Every bone in your body I'll break. Nephew or not!" My father laughed and worked the keys of his accordion with nimble fingers. Notte started to cough; his suspenders heaved and he had to hold up his baggy pants. "Breitbart," I said, "leave him alone." Breitbart looked at me and released Notte's ears. "Notte, look, you found yourself a protector." Then he flung Notte halfway across the theatre. "Pick up a broom. Sweep.

« Notte, dit Breitbart, descends du balcon. Notte, bouge avant que je ne t'écorche vif. » Une tête étrange risqua un regard par-dessus la rampe. Breitbart se battit les flancs, se plaignit à moi, et parla au mur, tout à la fois. « Mon neveu Notte. Il est à moitié idiot, mais que puis-je faire ? Il fait partie de la tribu. Donne-lui un travail, me dit ma femme, donne-lui un travail. Mais sait-il balayer le plancher ou tirer un rideau ? Non ! Pas Notte. Tout ce qu'il sait faire c'est gribouiller des poèmes que personne ne comprend. » Mon père se releva et retourna à son accordéon. Notte, le neveu de Breitbart, sauta par-dessus la rampe et se suspendit à l'une des poutres. Le balcon tremblait, mais cette fois mon père conserva son équilibre. Notte avait le dos légèrement voûté et le nez crochu ; il lui manquait plusieurs dents et il n'avait pas de menton. Une paire de bretelles étirées et usées maintenait son pantalon flottant. Il ressemblait à un membre disparu des Marx Brothers. Breitbart se précipita sur Notte et lui saisit les oreilles. « C'est pour ça que je te donne de l'argent ? Pour que tu te caches sur les balcons ? Mon philosophe ! Je te briserai tous les os du corps. Neveu ou pas ! » Mon père rit, effleurant les touches de son accordéon de ses doigts agiles. Notte se mit à tousser ; ses bretelles se soulevèrent et il dut retenir son pantalon avachi. « Breitbart, dis-je, laissez-le tranquille. » Il me regarda et lâcha les oreilles de Notte. « Notte, regarde, tu as trouvé une protectrice. » Puis il envoya Notte dinguer au milieu de la salle. « Prends un balai. Balaie.

Make a little trouble for the cockroaches, or I'll
send you packing without a dime. Nobody gets
paid here for nothing." Notte picked up a broom.
Breitbart turned his back for a moment and
shouted at the stage boys. Notte's ears perked
and one of his suspenders popped, and I thought
he was going to throw the broom at Breitbart or
leap across the theatre and pounce on him, but he
wiped his brow instead and smiled. He dropped the
broom and started to perform for me. He scowled
and mimicked Breitbart's motions. I laughed.
Breitbart turned around. He cursed Notte and
chased after him. "A clown yet, a clown." Notte
dodged between the seats. His baggy pants
flopped and his unhooked suspender kept swinging back and forth. "Uncle, Uncle," he shouted,
and then he ran behind the stage. I retrieved
Notte's broom. My father came over to me and
pinched my neck. "Fannie, you want to get us in
trouble, huh? Don't interfere."

"What did I do, Papa, what did I do?" My
father pushed me toward the stage. "Shut up and
sing." I almost fell into the orchestra pit. My
shoulder banged against an abandoned drum. I
stood in front of the stage, and holding Notte's
broom, I sang *Shain Vi Di Levone*. The stage boys
stopped working and listened to me. Breitbart
came over and congratulated me. "Shaindele," he
said, "with you in the show, how can we lose?"
Then he walked over to my father. I saw Notte
standing behind the curtain. He smiled to me. I
climbed up the steps of the stage. He took my
hand and led me to one of the dressing rooms.

Donne-toi un peu de mal pour les cafards, ou je t'envoie faire tes valises et tu n'auras pas un sou. Ici personne n'est payé à ne rien faire. » Notte prit un balai. Breitbart tourna le dos un moment et cria après les machinistes. Les oreilles de Notte se dressèrent et l'une de ses bretelles claqua, je crus qu'il allait jeter le balai à la figure de Breitbart ou bondir à travers le théâtre et fondre sur lui, mais au lieu de cela il s'essuya le front et sourit. Il laissa tomber son balai et commença un numéro pour moi. Il fronça les sourcils et imita les mouvements de Breitbart. J'éclatai de rire. Breitbart se retourna. Il maudit Notte et se mit à le poursuivre. « Un clown, un vrai clown ! » Notte plongea entre les fauteuils. Son pantalon trop large s'affaissa, sa bretelle détachée se balançait. « Oncle, oncle », cria-t-il, et il s'enfuit derrière la scène. Je ramassai le balai de Notte. Mon père s'approcha de moi et me pinça le cou. « Fannie, tu veux nous causer des ennuis, hein ? Ne t'en mêle pas.

— Qu'est-ce que j'ai fait, papa, qu'est-ce que j'ai fait ? » Mon père me poussa vers la scène. « Tais-toi et chante. » Je faillis tomber dans la fosse d'orchestre. Mon épaule heurta un tambour abandonné. Debout à l'avant de la scène, je chantai *Shain Vi Di Levone*, le balai de Notte à la main. Les machinistes cessèrent de travailler pour m'écouter. Breitbart vint me féliciter. « Shaindele, dit-il, avec toi dans le spectacle, comment pourrions-nous perdre ? » Puis il alla vers mon père. Je vis Notte debout derrière le rideau. Il me sourit. Je montai les marches de la scène. Il me prit la main et me conduisit à l'une des loges.

"Notte, why do you take such abuse?"

"Uncle's all right," Notte said. "He needs some-one to knock around once in a while. It keeps him calm. And now I can afford my own room." He tugged his one workable suspender. "I'm a poet," he said, "and every poet needs a part-time job." He removed a crumpled cigarette from his pocket and broke it in half. Lumps of tobacco began to fall on his shoes. He stooped over, scooped together the shredded lumps, and stuffed them inside both cigarette halves. He straightened one of them and offered it to me. "Smoke, smoke," he said, "it's good for the brain." He lit both ciga-rettes. I coughed, and Notte patted my back. The tobacco was stale and tasted bitter, but I didn't want to disappoint Notte. So I smoked. He started pacing back and forth in the tiny room. "You'll see. One day Uncle will stage a play of mine, and then I'll be the one who gives out the orders. 'Uncle, raise the curtains. Uncle, add ten more seats. Uncle, put Mrs. Dushkin behind the pole. Her son crucified me yesterday in the *Forward*.'"

I laughed and almost swallowed the cigarette.

Notte kissed me. I kissed him back. We sat on the floor and Notte taught me how to play "show and tell."

He opened my blouse and saw the towel. "What's this? A new kind of underwear? *Vey iz mir!*"

"My father's orders," I said, and I took off the towel. Notte taught me another game.

I heard Breitbart and my father call me. "Shain-dele."

«Notte, pourquoi supportez-vous ce genre d'insulte?

— Oncle est correct», dit Notte. «Il a besoin de quelqu'un sur qui taper de temps en temps. Ça le calme. Maintenant je peux me payer ma propre chambre.» Il tira sur sa bretelle en bon état. «Je suis poète, dit-il, et tous les poètes ont besoin d'un emploi à mi-temps.» Il tira de sa poche une cigarette écrasée et la partagea en deux. Des brins de tabac tombèrent sur ses chaussures. Il se pencha, ramassa les bribes déchirées, et les fourra dans deux moitiés de cigarette. Il en tassa une et me l'offrit. «Fume, fume, dit-il, c'est bon pour le cerveau.» Il alluma les deux mégots. Je toussai et il me tapota le dos. Le tabac était éventé et avait un goût amer, mais je ne voulais pas décevoir Notte. Alors je fumai. Il se mit à arpenter la minuscule pièce. «Tu verras. Un jour oncle montera une pièce de moi, et alors c'est moi qui donnerai les ordres. "Oncle, lève le rideau. Oncle, ajoute dix sièges de plus. Oncle, place Mrs. Dushkin derrière le pilier. Son fils m'a crucifié hier dans le *Forward*."»

Je ris et faillis avaler la cigarette.

Notte m'embrassa. Je répondis à son baiser. Nous nous sommes assis par terre et il m'apprit à jouer aux devinettes.

Il ouvrit mon chemisier et vit la serviette. «Qu'est-ce que c'est? Une nouvelle sorte de dessous? *Vey iz mir!*

— Ce sont les ordres de mon père», répondis-je, et je la retirai. Notte m'apprit un autre jeu.

J'entendis Breitbart et mon père qui m'appelaient: «Shaindele.

"I'm telling you," Breitbart said, "she's with that monkey Notte."

I buttoned my blouse. Notte hid the towel in his pocket. We tiptoed out of the dressing room and went through a dark passageway. Notte held my hand. We came out near the other end of the stage. Notte draped the curtain around us and we kissed for the last time. I heard Breitbart and my father tramp across the passageway. "Notte," Breitbart shouted. Notte disappeared. My father saw me standing behind the curtain. He was ready to tear out my hair. Breitbart stopped him. "She's a valuable piece of property. You want to ruin the revue?" My father glared at me. He could see that I wasn't wearing the towel. "Where's Notte?" Breitbart said. "That's the question. *Notte.*" Notte's head appeared suddenly behind the balcony rail. "Uncle, I'm tracking down a cockroach."

Breitbart shook his fist at Notte and the balcony. "I'll beat you black and blue." Notte stood on the ledge of the balcony and laughed.

My father had rented a room at the Hotel Delancey, and when we came home he locked the door and went to work on me. He pulled my hair, twisted my nose, and wanted to know what had happened to the towel. I didn't tell him a thing. "Papa, no more towels. Either you let me wear a brassière, or I don't sing. That's final." He pulled my hair again, but he could see that I had already made up my mind.

— Je vous le dis, déclarait Breitbart, elle est avec ce singe de Notte. »

J'ai boutonné mon chemisier. Notte a caché la serviette dans sa poche. Nous sommes sortis de la loge sur la pointe des pieds et nous avons franchi un couloir obscur. Notte me tenait la main. Nous sommes arrivés à l'extrémité de la scène. Notte a drapé le rideau sur nous et nous nous sommes embrassés une dernière fois. J'ai entendu Breitbart et mon père marcher lourdement dans le corridor. « Notte », a crié Breitbart. Notte a disparu. Mon père m'a vue derrière le rideau. Il était prêt à m'arracher les cheveux. Breitbart l'a appelé. « C'est un objet précieux. Vous voulez la perte de la revue ? » Mon père m'a fusillée du regard. Il a vu que je ne portais plus la serviette. « Où est Notte ? » a demandé Breitbart. « C'est la question. *Notte.* » La tête de Notte est apparue brusquement derrière la rampe du balcon. « Oncle, je poursuis un cafard. »

Breitbart l'a menacé de son poing. « Je vais te battre comme plâtre. » Notte est resté à la limite du balcon, il riait.

Mon père avait loué une chambre à l'hôtel Delancey, et quand nous sommes rentrés, il a fermé la porte à clé et il s'est attaqué à moi. Il me tirait les cheveux, me tordait le nez, et voulait savoir ce qui était arrivé à la serviette. Je ne lui ai rien dit. « Papa, fini les serviettes. Soit tu me laisses porter un soutien-gorge, soit j'arrête de chanter. C'est mon dernier mot. » Il m'a encore tiré les cheveux, mais il voyait que j'avais pris ma décision.

He took out a soiled handkerchief from the laundry bag and started to cry. "I'm a ruined man."

"Papa, no tricks. A brassière, papa, or you can kiss Shaindele goodbye."

So the next day I appeared at the theatre wearing my Maidenform. All the stage boys whistled. Breitbart looked at me and marveled. He clapped my father's back. "Congratulations. Berkowitz, the girl grew up overnight. Never mind the Molly Picon of East Broadway. Now we have the Lana Turner of Hester Street. Berkowitz, she'll be the star of the show. This I guarantee."

My father was a little overwhelmed. "Fannie," he whispered, "go out and buy a bigger size. We can't lose."

Only Notte seemed disappointed. "Show-off," he said.

"Notte," I told him, "if you want, I'll wear the towel again."

"The damage is done," he said, and picked up a broom.

Breitbart called me over. While my father's back was turned, he pinched both cups of the Maidenform. "Oy," he said, "I'll die. It's the real thing! Shaindele, Shaindele, meet me after the show." He took out his wallet. "Shaindele, a dress, a coat, a hat, whatever you want. It doesn't have to be Klein's. Let it be Saks or Gimpels. Buy, buy. What is money to me? Shaindele, is it a deal?"

"That's not in the contract."

Il a pris un mouchoir sale dans le sac de linge et s'est mis à pleurer. «Je suis un homme ruiné.

— Papa, pas de ruses. Un soutien-gorge, papa, ou tu peux dire adieu à Shaindele.»

Le lendemain je suis apparue au théâtre avec mon Maidenform. Tous les machinistes ont sifflé. Breitbart me regardait, émerveillé. Il a tapé dans le dos de mon père. «Félicitations, Berkowitz, la fille a grandi en une nuit. Peu importe la Molly Picon d'East Broadway. Maintenant, nous avons la Lana Turner de Hester Street. Berkowitz, ce sera la vedette du spectacle. Ça je le garantis.»

Mon père était un peu confus. «Fannie», a-t-il chuchoté, «va acheter une taille au-dessus. On ne peut pas se permettre de perdre.»

Seul Notte semblait déçu. «Poudre aux yeux», a-t-il dit.

«Notte, si tu veux, je porterai de nouveau la serviette.

— Le mal est fait», a-t-il dit, et il a ramassé un balai.

Breitbart m'a appelée. Pendant que mon père avait le dos tourné, il a pincé les deux bonnets du Maidenform. «Oy», s'est-il exclamé, «je vais mourir. C'est du sérieux! Shaindele, Shaindele, retrouve-moi après le spectacle.» Il a pris son portefeuille. «Shaindele, une robe, un manteau, un chapeau, tout ce que tu veux. Ce n'est pas la peine d'acheter chez Klein. Allons chez Saks ou Gimpels. Achète, achète. Qu'est-ce que l'argent pour moi? Shaindele, marché conclu?

— Ça ne fait pas partie du contrat.»

His eyes closed. "Oy, and she's particular yet. That's what I like. A girl with spirit. Shaindele, refuse me all you want. It's good for the blood."

I walked away. I heard Notte mumbling to himself. "Nalewski Street, Niska Street, Muranow Square..."

"Notte," I said, "what are you doing? — going on a tour of Brooklyn? There's no Niska Street in the Bronx. Notte, where is —"

"In *Warsaw*," Notte said, "where else! Jews are dying all over the world, and I'm stuck here. Uncle is right. A fool, a dope, a clown, this is what I am."

"Notte, I thought you wanted to be a poet."

His lips twisted grimly. "A machine gun in the right hands is also poetry."

"Notte, if you want to fight, join up with the army or the marines. My Uncle Dom is a captain already."

"Who would take me? — I'm sixteen." He raised his shoulder. "And a cripple to the bargain! And suppose they took me, where would they send me? — to fight the Japs. Better I'll stay here and collect *zlotys* for the resistance. Later I'll join the Jewish Commandos in Tel Aviv, and then we'll all parachute over Niska Street, and send the Germans to Gehenna."

Breitbart saw us standing together.

Ses yeux se sont fermés. « Oy, et elle fait des histoires encore. C'est ce qui me plaît. Une fille avec de l'esprit. Shaindele, refuse-moi tout ce que tu veux. C'est bon pour la circulation. »

Je me suis éloignée. J'entendais Notte qui marmonnait. « Rue Nalewski, rue Niska, place Muranow...

— Notte », dis-je, « qu'est-ce que tu fabriques... ? Tu fais un tour à Brooklyn ? Il n'y a pas de rue Niska dans le Bronx. Notte, où est...

— À *Varsovie*, a dit Notte, dans quelle autre ville ! Les Juifs meurent dans le monde entier, et je suis coincé ici. Oncle a raison. Un idiot, un crétin, un clown, voilà ce que je suis.

— Notte, je croyais que tu voulais être poète. » Ses lèvres se sont tordues avec une expression lugubre.

« Une mitrailleuse dans de bonnes mains, c'est aussi de la poésie.

— Notte, si tu veux te battre, engage-toi dans l'armée ou la marine. Mon oncle Dom est déjà capitaine.

— Qui me prendrait ? J'ai seize ans. » Il a haussé l'épaule. « Et je suis infirme par-dessus le marché ! Suppose qu'ils m'acceptent, où m'enverront-ils ? Combattre les Japonais. Il vaut mieux que je reste ici à récolter des zlotys pour la résistance. Plus tard je rejoindrai les commandos juifs de Tel-Aviv, et alors nous sauterons tous en parachute dans la rue Niska, et nous enverrons les Allemands dans la Géhenne. »

Breitbart nous a vus en train de parler.

"Notte, make an appointment with the broom before I hang you from the ceiling. Shaindele, it's time to sing."

That evening I asked my father for two dollars.

"Papa," I said, "a girl that wears a brassière has to have an allowance."

He pulled my hair for five minutes and gave me fifty cents.

The next day I saw Notte standing under the balcony and gave him the fifty cents. "For the resistance," I said. "That's all I could raise." His ears shone. "Shaindele," he said. Breitbart was standing behind us. "Later, in back of the stage".

So I sang three songs for Breitbart and the stage boys and met Notte in the dressing room. We didn't waste any time. Notte gave me a marathon kiss, but he boycotted my brassière. He refused to let me unhook it. Notte taught me a few more games, and I kept my brassière on. Then he pinned a cardboard medal on me, and congratulated me. I was now a Jewish Commando. We kissed some more, and he handed me a sheet of paper. I was a little baffled. "A poem," he said.

"Notte, I'm not a dope. I know." The poem was in Jewish. "Notte," I said, "read it to me. I can't see so good without my glasses."

Notte read the poem. I didn't understand a word, but I cried anyway. I'm sure it was a beautiful poem. I heard Breitbart call me.

« Notte, prends rendez-vous avec le balai avant que je ne te pende au plafond. Shaindele, c'est l'heure de chanter. »

Ce soir-là, je demandai deux dollars à mon père.

« Papa, ai-je dit, une fille qui porte un soutien-gorge a besoin d'argent de poche. »

Il me tira les cheveux pendant cinq minutes et me donna cinquante cents.

Le lendemain, je vis Notte debout sous le balcon et lui offris mes cinquante cents. « Pour la résistance », ai-je expliqué. « C'est tout ce que j'ai pu obtenir. » Ses oreilles brillaient. « Shaindele », dit-il. Breitbart se tenait derrière nous. « Plus tard, dans les coulisses. »

Je chantai donc trois chansons pour Breitbart et les machinistes et je retrouvai Notte dans la loge. Nous ne perdîmes pas de temps. Il me donna un baiser marathon, mais boycotta mon soutien-gorge. Il refusa de me laisser le dégrafer. Notte m'enseigna quelques jeux supplémentaires, et je gardai mon soutien-gorge. Puis il agrafa une médaille en carton sur mon corsage, et me félicita. J'étais à présent membre d'un commando juif. Nous nous embrassâmes encore, et il me tendit une feuille de papier. J'étais un peu déconcertée. « Un poème », dit-il.

« Notte, je ne suis pas stupide, je le sais. » Le texte était en yiddish. « Notte, dis-je, lis-le-moi. Je ne vois pas très bien sans mes lunettes. »

Notte lut le poème. Je ne compris pas un mot, mais je pleurai tout de même. Je suis sûre que c'était de la belle poésie.

J'ai entendu Breitbart qui m'appelait.

"Tomorrow," Notte said, "same time, same place." He disappeared before I could kiss him, or thank him, or anything.

Greenspan came over to the theatre the day before the opening of the show. He wanted to see his prodigy. He brought Itzie with him. When Itzie saw me with my Maidenform on, he ran over with his hands outstretched. "Fannie." Notte held him off. He had a broom in one hand and a hammer in the other. "Fannie," Itzie said, "call off the hatchetman. I'll break him in twenty pieces. I mean it." Notte raised the hammer.

"You I'll fix," Itzie said, but he walked away.

"Shaindele, who, who is Fannie?"

"Notte, that's my nickname in the Bronx."

Itzie left the theatre. Greenspan came over. He stared at my Maidenform. "*Mazel tov!*" He clapped his hands twice. "Shaindele, sing. Sing for me, Shaindele, sing." So I sang the whole afternoon. Greenspan kept kissing me. Breitbart called me over a dozen times and made more proposals. "Shaindele, a Persian-lamb coat, a room at the Waldorf, anything you want. Name it and it's yours."

Itzie came back with two of his friends. They were carrying something under their coats. I saw Notte walk behind the stage. Itzie and his friends followed him. "Shaindele," Breitbart said, "if you don't trust me, I'll bring over my lawyer. We'll sign an agreement. Shaindele, you want the theatre? Take it, its yours!"

« Demain, a dit Notte, même heure, même endroit. » Il a disparu sans que j'aie eu le temps de l'embrasser, de le remercier, ni rien.

Greenspan est venu au théâtre la veille de la première. Il voulait voir son prodige. Il a amené Itzie avec lui. Quand il m'a vue avec mon Maidenform, Itzie s'est précipité les bras tendus : « Fannie ! » Notte l'a retenu. Il avait un balai dans une main et un marteau dans l'autre. « Fannie, a dit Itzie, chasse ce bûcheron. Je le briserai en mille morceaux, je parle sérieusement. » Notte a levé son marteau.

« Je te réglerai ton compte », a dit Itzie, mais il est reparti.

« Shaindele, qui est Fannie ?

— Notte, c'est mon surnom dans le Bronx. » Itzie quitta le théâtre. Greenspan approcha. Il regarda mon Maidenform. « *Mazel tov !* » Il battit deux fois des mains. « Chante, Shaindele. Chante pour moi, Shaindele, chante. » Alors j'ai chanté tout l'après-midi. Greenspan m'embrassait sans arrêt. Breitbart m'a appelée une douzaine de fois pour me faire de nouvelles propositions. « Shaindele, un manteau d'agneau persan, une chambre au Waldorf, tout ce que tu veux. Demande-le et tu l'auras. »

Itzie est revenu avec deux de ses amis. Ils portaient quelque chose sous leur veste. J'ai vu Notte qui partait en coulisse. Itzie et ses amis l'ont suivi. « Shaindele, a dit Breitbart, si tu n'as pas confiance en moi, je viendrai avec mon avocat. Nous signerons un accord. Shaindele tu veux le théâtre ? Prends-le, il est à toi !

"Later, Breitbart, later." I ran behind the stage. Itzie and his friends were in the dressing room. Notte was sitting on the floor. His nose was bleeding, and his forehead was bruised. Itzie's friends were holding baseball bats. "Notte, what did they do to you, Notte?" Itzie locked the door. "Okay, Fannie," he said, "now we'll find out what you're worth. And if you make one sound, your friend gets a dented head for himself." Itzie's friends brandished the bats over Notte's head. They found some rope and tied Notte to a chair. Then they held my arms, and Itzie tore off my Maidenform and everything else. They wound the brassière around Notte's head. And they made Notte watch. I cried the whole time. Itzie's friends picked up the baseball bats and then they left. I untied Notte. His body was shaking. I kissed his nose, his forehead, and his eyes. We left the dressing room.

I told my father that I didn't want to sing. "Fannie," he said, "you'll ruin me for life. Breitbart can throw me in jail. And believe me, he will. What happened to your brassière?"

"I threw it away."

My father slapped his side. "The girl is an idiot. Notte number two!"

He went down on his knees. "Fannie, it's the poorhouse for me."

I finally agreed to sing. "Remember, Papa, after this, no more shows."

He kissed my hands. "Papa," I said, "get off the floor."

— Plus tard, Breitbart, plus tard. » Je courus derrière la scène. Itzie et ses amis étaient dans la loge. Notte était assis par terre. Il saignait du nez et avait le front meurtri. Les autres brandissaient des battes de base-ball. « Notte, qu'est-ce qu'ils t'ont fait, Notte ? » Itzie a verrouillé la porte. « OK, Fannie », a-t-il dit, « maintenant nous allons voir ce que tu vaux. Et si tu émets un seul son, ton ami aura le crâne démoli. » Ils ont agité les battes au-dessus de sa tête. Ils ont trouvé de la corde et attaché Notte à une chaise. Ensuite ils m'ont maintenu les bras, Itzie a déchiré mon Maiden-form et tout le reste. Ils ont enroulé le soutien-gorge sur la tête de Notte, et ils l'ont obligé à regarder. J'ai pleuré tout le temps. Les amis d'It-zie ont ramassé leurs battes de base-ball et ils sont partis. J'ai détaché Notte. Il tremblait. J'ai embrassé son nez, son front, et ses yeux. Nous avons quitté la loge.

J'ai dit à mon père que je ne voulais plus chan-ter. « Fannie, a-t-il dit, tu vas me ruiner pour la vie. Breitbart est capable de me jeter en prison. Et crois-moi, il le fera. Qu'est-il arrivé à ton soutien-gorge ?

— Je l'ai jeté. »

Il s'est mis à crier : « Cette fille est une idiote. Une seconde Notte ! » Il est tombé à genoux. « Fannie, je vais finir à l'hospice ! »

Finalement j'ai accepté de chanter : « Rappelle-toi, papa, après ça, plus de spectacles ! »

Il m'a baisé les mains. « Papa, j'ai dit, lève-toi. »

The theatre was packed. Every seat in the orchestra and balcony was taken, and Breitbart gave out cushions to all the latecomers and told them to sit on the floor. "I never saw such a house," Breitbart said. "It's better than before the war. Even Michelesko never drew such a crowd." But when Breitbart saw me without my Maidenform, he became furious. "What's the gimmick, Berkowitz?"

"The girl's depressed," my father said. "She'll be all right by tomorrow. You'll see."

"I'm not worried about tomorrow. It's today what's on my mind. You see them out there. You want them to tear up the place?" Breitbart sent home one of the stage boys to borrow a brassière from his wife. The boy came back with a brassière that was three sizes too big. But I had to put it on. "That's better," Breitbart said. "No more gimmicks."

Yankel the talking monkey went on stage first. With the help of Rosenblum the ventriloquist, Yankel told dirty stories in Jewish, Polish, Russian, and Roumanian, but the crowd was bored. I could hear the men and women in the first row stamp their feet and shout. "Shaindele, Shaindele." Breitbart called Yankel off the stage. "Enough, Rosenblum, before they tear off the seats and throw them at you. Enough." Next Minna Mendelsohn sang *Der Rebbe Eli Melech*, and her husband Boris leaned one knee over a chair and strummed his balalaika.

La salle était bondée. Tous les fauteuils de l'orchestre et du balcon étaient pris, et Breitbart donnait des coussins à tous les retardataires et leur disait de s'asseoir par terre.

«Je n'ai jamais vu un tel public, a-t-il dit. C'est mieux qu'avant la guerre. Même Michelesko n'a jamais attiré une pareille foule.» Mais quand il m'a vue sans mon Maidenform, il est entré en fureur. «Qu'est-ce que c'est que cette comédie, Berkowitz?

— La petite est déprimée, a expliqué mon père. Tout ira bien demain. Vous verrez.

— Ce n'est pas pour demain que je suis inquiet. C'est à aujourd'hui que je pense. Vous les voyez dans la salle. Vous voulez qu'ils saccagent le théâtre?» Breitbart a envoyé un des machinistes chez lui pour emprunter le soutien-gorge de sa femme. Il est revenu avec une taille trois fois trop grande pour moi. Mais j'ai dû le mettre. «C'est mieux, a dit Breitbart. Plus de farces.»

Yankel, le singe parlant, est monté en scène le premier. Avec l'aide de Rosenblum, le ventriloque, il a raconté des histoires cochonnes en yiddish, en polonais, en russe et en roumain, mais la foule s'ennuyait. J'entendais les hommes et les femmes du premier rang taper du pied et crier: «Shaindele, Shaindele!» Breitbart a rappelé Yankel en coulisse. «Assez, Rosenblum, avant qu'ils n'arrachent les sièges et ne te les jettent à la tête. Assez.» Ensuite, Minna Mendelsohn a chanté *Der Rebbe Eli Melech*, et son mari Boris l'accompagnait avec sa balalaïka un genou appuyé contre une chaise.

I opened the curtain an inch and looked out. I
cupped my hands over my eyes and saw Itzie sitting in the first row of the balcony. This time he
had nine or ten friends with him. They were
stamping their feet and shouting. "Sing, Shaindele, sing." My Notte was standing near the
orchestra pit. Breitbart pushed me away from the
curtain. "You want to spoil the show? Nobody is
allowed to see you before you go out on stage."
Everybody kept hooting and stamping their feet.
"Sing, Shaindele, sing." Minna Mendelsohn never
finished her song. Someone climbed up on the
stage, stole her husband's chair, and flung it into
the orchestra pit. "Cancel all the other acts," Breitbart said. "Bring out Shaindele." My father's
knees were knocking. "Berkowitz, you want to get
us all killed? Pick up your accordion and let's
go." Everybody stood up and cheered when they
saw me. My father brought out his accordion,
and someone booed. He ran behind the curtain.
"Breitbart, please," I heard my father scream.
"They don't want me. They want Shaindele."
Breitbart cursed him and let him stay behind the
curtain. The stage lights blinded me for a moment,
but after a while I became used to them. A man in
the second row started to dance across the aisle.
He must have been about seventy years old.
"*Mommenu*," he said, "look at the tits on her!
Better than a seven-course meal." Everybody sitting next to him started to laugh. I heard Itzie
shout, "Sing, Shaindele, sing." Notte was still
standing near the orchestra pit.

J'ai écarté le rideau de quelques centimètres pour regarder. J'ai abrité mes yeux de mes mains et j'ai vu Itzie assis au premier rang du balcon. Cette fois il avait neuf ou dix amis avec lui. Ils tapaient du pied et criaient : « Chante, Shaindele, chante ! » Mon Notte se tenait debout près de la fosse d'orchestre. Breitbart m'a tirée en arrière. « Tu veux gâcher le spectacle ? Personne n'a le droit de te voir avant que tu ne montes sur scène. » Tout le monde sifflait et tapait du pied. « Chante, Shaindele, chante ! » Minna Mendelsohn n'a jamais fini sa chanson. Un homme a escaladé la scène, volé la chaise de son mari, et l'a jetée dans la fosse de l'orchestre. « Annulez tous les autres numéros, dit Breitbart. Amenez Shaindele. » Les genoux de mon père tremblaient. « Berkowitz, vous voulez qu'on se fasse tous tuer ? Prenez votre accordéon et en avant. » Toute la salle s'est levée et a applaudi en me voyant. Mon père a apporté son instrument, et quelqu'un l'a hué. Il s'est enfui en coulisse. Je l'entendais hurler : « Breitbart, s'il vous plaît. Ce n'est pas moi qu'ils veulent. C'est Shaindele. » Breitbart l'a maudit et lui a permis de rester en coulisse. Les projecteurs m'ont éblouie un instant, mais après un moment je m'y suis habituée. Un spectateur du second rang s'est mis à danser dans l'allée. Il devait avoir soixante-dix ans. « *Mommenu*, disait-il, regardez ses nénés ! C'est mieux qu'un repas de sept plats ! » Tous ses voisins ont éclaté de rire. J'entendais Itzie hurler : « Chante, Shaindele, chante ! » Notte était toujours debout près de la fosse d'orchestre.

He saw that my hands were shaking, and he smiled for the first time. "Notte," I said, and I started to sing. I didn't sing for Breitbart, or Itzie, or my father, or anybody in the second row, I sang only for Notte. *Yussele, Shain Vi Di Levone, Oif'n Pripetchik, Gai Ich Mir Shpatzieren, Ot Azoy Nait A Shneider*, all for Notte. The man in the second row clapped his hands. "Never mind the *titzgehs*. The girl has a *goldene shtimme*. Sing, Shaindele, sing." They wouldn't let me off the stage. Itzie and his friends kept stamping their feet. I sang *Yussele* for the fifth time. The beams that held up the balcony began to shake. First there was a rumbling sound. Breitbart peered through the curtain. "Stop the show." I heard a woman scream. Then the balcony came tumbling down.

We stayed in the hotel for two days. My father wouldn't let me see Notte or anybody. He kept making phone calls. "Fannie, pack your underwear. We're going to Chicago. Who needs trouble? If anybody finds out that we were associated with the Henry Street Theatre we're finished. Breitbart is in jail. Even his father-in-law is suing him. He was sitting in the balcony. Fannie, pack, pack."

I refused.

He rocked his head back and forth.

Il a vu que mes mains tremblaient, et il a souri pour la première fois. « Notte », ai-je dit, et j'ai commencé à chanter. Je ne chantai ni pour Breit-bart, ni pour Itzie, ni pour mon père, ni pour les gens du deuxième rang, je chantai seulement pour Notte. *Yussele, Shain Vi Di Levone, Oif'n Pri-petchik, Gai Ich Mir Shpatzieren, Ot Azoy Nait A Shneider*, tout pour Notte. L'homme du second rang battait des mains. « Peu importe les *tizgehs*[1]. La fille a une *goldene shtimme*[2]. Chante, Shaindele, chante ! » Ils ne voulaient plus me laisser quitter la scène. Itzie et ses amis continuaient de taper du pied. J'ai chanté *Yussele* pour la cinquième fois. Les poutres qui soutenaient le balcon se sont mises à trembler. Il y a d'abord eu un bruit de tonnerre. Breitbart a glissé un regard à travers le rideau. « Arrêtez le spectacle. » J'ai entendu une femme hurler. Puis le balcon s'est effondré.

Nous sommes restés deux jours à l'hôtel. Mon père ne me laissait voir ni Notte ni personne d'autre. Il était tout le temps au téléphone. « Fan-nie, emballe tes dessous. On part à Chicago. Qui cherche les ennuis ? Si quelqu'un découvre que nous étions associés au théâtre Henry Street, nous sommes fichus. Breitbart est en prison. Même son beau-père le poursuit en justice. Il se trouvait au balcon. Fannie, fais ta valise, fais ta valise. »

Je refusai.

Il balançait la tête d'avant en arrière.

1. Nénés.
2  Une voix d'or.

"Fannie, they're opening up a theatre on Maxwell Street in Chicago. They want an accordion player. You won't even have to sing. We'll be back in two, three weeks."

"I don't go before I say goodbye to Notte."

"Go, but put on some kind of disguise. If they catch you in the street they'll burn you alive."

I wore a kerchief and one of my father's old coats, and I went looking for Notte. The Henry Street Theatre was boarded up, and I couldn't get inside. I called up Breitbart's home, but no one answered. I went to the Clinton Street precinct. Then I tried all the rooming houses. "Notte," I said, "Notte." I didn't even know his last name. I came back to the hotel without finding Notte. We left for Chicago the next day.

There were no theatres on Maxwell Street, only meat markets. My father apologized. "Fannie, I was desperate. We had to get out." He became a butcher and worked in a kosher meat market. In April I heard about the uprising in the Warsaw ghetto. "Niska Street," I said to myself. I still had my Jewish Commando badge. I wrote over a hundred letters to Notte. They all said the same thing : "Notte, please come and get me. I live on Maxwell Street over the Morgenstern Meat Market."

« Fannie, on ouvre un théâtre dans Maxwell Street à Chicago. Ils ont besoin d'un accordéoniste. Tu n'auras même pas à chanter. Nous serons de retour dans deux ou trois semaines.

— Je ne partirai pas sans avoir dit au revoir à Notte.

— Vas-y, mais prends un déguisement quelconque. Si on t'attrape dans la rue on te brûlera vive. »

J'ai mis un fichu, enfilé l'un des vieux manteaux de mon père, et suis partie à la recherche de Notte. Le théâtre Henry Street était condamné, et je n'ai pas pu y entrer. J'ai appelé chez Breitbart, mais personne ne répondait. Je suis allée au commissariat de Clinton Street. Puis j'ai essayé toutes les pensions. « Notte, disais-je, Notte. » Je ne savais même pas son nom de famille. Je suis rentrée à l'hôtel sans avoir retrouvé Notte. Nous sommes partis le lendemain pour Chicago.

Il n'y avait pas de théâtres dans Maxwell Street, seulement des boucheries. Mon père m'a présenté ses excuses. « Fannie, j'étais désespéré. Il fallait qu'on s'en aille. » Il devint boucher et travailla dans un magasin kasher. En avril, j'appris le soulèvement du ghetto de Varsovie. « Rue Niska », me disais-je à moi-même. J'avais encore ma médaille de commando juif. J'ai écrit plus d'une centaine de lettres à Notte. Elles disaient toutes la même chose : « Notte, s'il te plaît, viens me chercher. J'habite dans Maxwell Street au-dessus de la boucherie Morgenstern. »

I mailed ten of the letters to Breitbart, a few to the Henry Street Theatre, one to the Clinton Street precinct, one to the Hotel Delancey, one to Greenspan, and the rest to people I knew who lived near Delancey Street. Most of the letters came back. I put on different envelopes, and sent them out again. But Notte never showed up.

J'en ai posté dix à l'adresse de Breitbart, quelques-unes au théâtre Henry Street, une au commissariat de Clinton Street, une à l'hôtel Delancey, une chez Greenspan, et le reste à des gens qui, je le savais, habitaient près de Delancey Street. La plupart des lettres sont revenues. J'ai acheté d'autres enveloppes, et les ai encore postées. Mais Notte ne s'est jamais manifesté.

*Jerome Charyn*

*Composition Interligne.*
*Impression Bussière à Saint-Amand (Cher),*
*le 2 avril 2008.*
*Dépôt légal : avril 2008.*
*1ᵉʳ dépôt légal dans la collection : mai 2007.*
*Numéro d'imprimeur : 081100/1.*
ISBN 978-2-07-034088-0./Imprimé en France.